牯嶺街少年
殺 人 事 件

楊德昌的電影　吳淡如的小說

遠流出版公司

建夜二86089

中華民國海軍

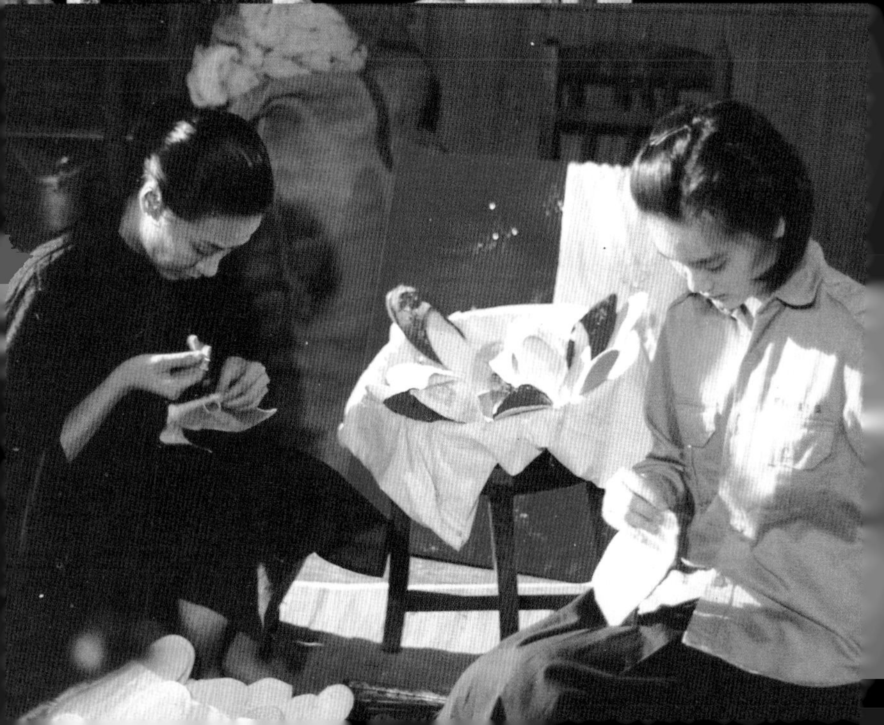

小說館［64］

牯嶺街少年殺人事件

吳淡如／著

遠流出版公司

本小說據楊德昌之同名電影及楊德昌、閻鴻亞、楊順清、賴銘堂合編劇本寫作。

小說館64

牯嶺街少年殺人事件

著　　者／吳　淡　如
發 行 人／王　榮　文
出　　版／遠流出版事業股份有限公司
臺北市 10714 汀州路三段 184 號七樓之五
郵撥／0189456-1　電話 365-3707
電傳／365-8989
發　　行／信報股份有限公司

電腦排版／天翼電腦排版印刷股份有限公司
印　　刷／優文印刷股份有限公司
□1991(民80)年 7 月 1 日　初版一刷(初版共六刷)
□1992(民81)年 4 月16日　二版二刷

本書故事及劇照由楊德昌電影工作室提供

行政院新聞局局版臺業字第 1295 號
售價NT 140 元 (缺頁或破損的書，請寄回更換)

ISBN 957-32-1243-9

0

沒有人相信，張震會殺人。

1

那年夏天怪蟬叫得太兇，所以小四的初中聯考沒考好。

小四一直是個好學生。他長得乾淨端正，行爲舉止一向循規蹈矩，唸小學時他還曾經選過模範生，成績當然是名列前矛，沒話說。

小學畢業那天，級任老師還跟小四的爸爸張道義講：「你這兒子，將來會有出息！」張爸爸很得意，卻還故意說：「小時了了，大未必佳！」問老師：「你看這孩子前三志願沾得到沾不到邊？」

發了福的女老師笑得銀牙閃亮：「哪兒的話，張先生這也未免多此一問。張震他不上第一志願，那我們班上不都滑鐵盧啦！」

任是誰也沒想到，小四就是沒沾到前三志願的邊，剛剛好落在建中夜間部，差三分和白日的光明絕了緣。

他最拿手的國文才考了五十五分。張爸爸很難接受這個事實，小四小時候還在牙牙學語的時期，他就教過他唸三字經菜根譚，四兒牙齒剛長齊，就會搖頭晃腦唸：「人之初，性本——善」，一點不假，張震他媽可以做證。

張爸爸當了半生的公務員。在大陸時吃公家飯，飄洋過海逃難到了台灣，領的還是公家吃不飽餓不死的薪水。孩子一連迸出了五個，維生便日漸險艱，這兒周轉那兒記帳，他那原本壯碩的身子逐日削瘦成了風中竹竿，步入中年後，身體機能對台灣的暑瘴和溼氣都亮起了紅燈。又咳又風濕，又壯志銷磨盡。

所幸幾個孩子都爭氣，張爸爸的下巴還是抬得比別人高。

大女兒張娟這年已經唸了台大外文系，標標緻緻，升大二了；二女兒張瓊也踏姊姊後路讀北一女，將來還是未可限量；大兒子是唸建中日間部的張強。女孩兒不算，兩個兒子中，張爸爸偏心的還是張震。這個四兒，眉宇清秀得傲氣十足，承傳了母親的秀緻和父親的挺拔。

要張道義承認兒子國文不及格，比吐他一口痰還難過。

他問張震：「這成績恐怕有問題吧？」

張震不忍掃他的興，只說：「不知道。」只有他明白，考試那天，考國文那堂，他昏得厲害，試場兩側鳳凰木上的蟬聲太吵，刷刷刷刷，像傾盆雷雨一樣，把他的遊魂全洗了去。

說不說都無妨，反正這不是理由。

張道義不服氣，他憑過去的老同學，現在在公家機關當副處長的汪狗問了門路，去向聯招會據理力爭。

「我兒子的國文程度一向很好，不會考出這種成績，一定是閱卷時出了差錯，喏，你看，其他科目都九十幾分。」

張震坐在女主委辦公室外的長板凳等父親，看見父親那臉紅脖子粗的樣子，有點自覺心虛，又有點好笑。

他想，晚上上課也差不到哪裏去，其實沒關係。

正是白花花的炎夏，熱氣蒸騰，汗珠從他額上頸上一顆顆滑下來。晚上風大，天氣該涼爽些。

女主委答應複閱卷子，如果是聯招會的錯誤，一定改分發。覆閱無誤。張爸爸不得不接受了事實。

過了熱黏黏的夏天，小四穿上卡其服別黃皮帶，到建中上課。大白天都變成他的了，日子一下子空下來，夠他和新朋友稱哥兒們。

2

小四習慣了晚上上課以後，第一個認識的朋友是小貓王王大立。小貓王一看就是個長不大的個子，高度只到小四肩膀，英文嘛識不了幾個單字，却成天用童音哼普里斯萊的歌：

你今晚寂寞嗎？

今晚你想念我嗎？

小貓王的歌也許哼得不算難聽，但傳到小四耳朵裏，全然是旣痲癢又噁心的感覺。

好像一隻還沒到思春期就開始叫春的貓兒，喏，就是那麼慘。

無論如何他們還是好朋友。小貓王自從迷上貓王以後，讀書這檔事兒就被他抛

Quink

得遠遠的，考試常得靠小四罩，越發不能少小四這個朋友。小四也只好忍耐聽他唱歌。

不知道什麼時候，學校附近片廠搭起了一個新棚。小貓王偶爾發現燈光架上有個天井似的缺口，正好探下來瞥見拍戲的情景，就要他一起去看。戲沒拍前，那可是他們兩個的私人天地，等那部叫《紅樓新夢》的戲開麥拉以後，更捨不得不到燈光架上一窺究竟了。上課以前兩個人總窩在上頭。

出了狀況那天是月考，還剩一堂歷史考試，小四和小貓王在上頭溫書。聽得導演說：「女主角換性感睡衣！」兩個四隻眼睛就不自覺移開了歷史課本，暗尋春光去。

從上往下看，正好可以瞧見女主角白白嫩嫩的身子給服裝阿姨圍成圓筒形，因陋就簡，換起衣服來。平白上演了一場免費的限制級電影。

「可惜重點部分沒看到。」

小貓王小聲說。

其實只看到一頭梳得油亮生硬的黑髮，搞不好還是戴假的。頸子以下給布幔陰影遮住。

「我覺得什麼都沒看到。」

小貓王不甘心，用兩手支拄著身體，硬要再探身出去取角度，忘了歷史課本，啪啦一聲，差點敲到女主角的頭，翻落地上，揚起一陣煙塵。

場務領班的手電筒馬上唰的垂直射上來：

「誰？」

兩人還來不及面面相覷，拔了腿就跑。那棚一出來是一棟舊式宿舍，巷窄彎多，小四繞得頭都昏了，好不容易才覓得一個角落藏身。心想待會得考歷史，怎麼辦？時機太不妙了。

領班手電筒一甩射過來，偏又碰巧照上他的臉。光線刺得他神智不清，眼裏花白一片，想脫逃都沒力氣，給揪著領子一路到片廠傳達室去。

「八五〇八九，」領班得意的記下他學號，「你這小鬼來這兒幹嘛，說？」

小四眼睛淨瞧天花板，一隻壁虎忽嚕溜過。

「你叫什麼名字？」

他沒作答。領班就翻小貓王的歷史課本：

「王——大——立，我知道了。」一隻手緊緊揪著他不放，生怕他逃掉。一隻手忙著撥電話，嘴裏咕噥：

「我就打電話給你們訓導處……」

小四想，小貓王和自己這下可都完了。手被擒住，不知怎麼逃得掉？聽外頭蛙兒嘎嘎叫得心慌，所幸窗外正準時扔進一塊磚頭，打得玻璃碎花四濺。

準是小貓王救駕來的，還眞有默契。

「誰？哪一個王八蛋，你們這些專門作亂的小太保……。」

領班氣虎虎大罵，放了他的手衝出去，小四抓了桌上的歷史課本和記他學號的紙條就跑，頭又回過去，看見手電筒，心裏實在捨不得，順手拿走領班亮銀銀的手電筒。

用跑百米的速度衝進植物園，一片黑漆漆的，小四停下來喘口氣。十秒鐘後，才看到小貓王的身影也慌張前來，他安了心。大難不死，否則就得開紀錄到訓導處聽訓。

小貓王還笑得很開心。他個兒小，膽子用來惡作劇還有餘，見小四順手牽了手電筒，羨慕得很：

「這下可有的玩了。」

「走，還要考試。」

「還有五分鐘嘛，急什麼？」

小貓王提議玩見光死，搶了他手中的手電筒，扭開，往樹叢裏照去。樹叢那邊好像有兩個人纏在一起，當天第二個漏子又捅出來了。

「操你媽小鬼不想活啦！」人影倏然一分爲二，跟著驚天動地一聲罵，兩人又撒腿就跑，再以百米速度衝進校園，上課鐘響得好生宏亮。

考卷發下來，小四還聽得見自己喘氣的聲音，小貓王又在對他擠眉弄眼，要抄他的卷子。

小貓王雖然坐他隔壁，卻也隔半公尺遠，虧得小貓王視力二・〇。

3

放學鈴聲打了以後，國文老師前腳才踏出教室，小公園幫的條子就帶了兩個小嘍囉來喊人，說是滑頭在國語實小裏被眷村幫的堵了。

條子當然不是眞的條子，他是以前小公園幫老大哈尼的弟弟，哈尼和人家決鬥殺了人逃亡，條子就倉促領軍，照料起小公園來。他們的恩怨，小四不太淸楚，他和飛機跟小公園幫認識，還是因爲小貓王偶爾在小公園冰果室免費賣唱的緣故。

看條子這樣狼狽，一干人也跟著義憤塡膺：「我去，我去！」

條子又到隔壁班吆喝人手。小貓王一把拖住小四：「走啦，帶你見世面！」

看一羣人這麼磨拳擦掌，小四也就跟了看熱鬧。

到了國語實小校門口，遠遠就看到兩個眷村幫的小混混鬼鬼祟祟的出來。兩人瞄見條子帶了這一大批人馬，馬上回頭逃竄。

條子大喊：「追啊！」仗著人多勢眾，小貓王、飛機像餓狗一樣撲咬前去。追到了操場，便見到滑頭這傢伙正和幾個眷村幫的架住，在拖磨時間，一臉狼狽。小四以前就很不喜歡滑頭那種油里油氣的樣子，他這次跟來，多半還希望看看滑頭被K個半死的慘狀，沒想到這油嘴滑舌的傢伙到這時救兵已至還沒奄奄一息，暗叫一聲可惜。

先前從校門口逃回來報信的小鬼朝滑頭這邊大喊：「翹頭囉！」眷村幫的見敵方來勢洶洶，散得跟棉絮亂飄一樣。滑頭一重獲自由，氣勢就不一樣了，旋身做勢要追：

「孬種，不要跑！」

跑了兩步，滑頭就停了下來。其他的救兵還一路窮追猛打過去。

條子一遇到滑頭，就揪住他打量，見滑頭額上青腫了一大塊，好氣又好笑，要問個明白：

「你怎麼搞成這副德性！」

「又不是我自己搞的，就是落單被他們看見了，被堵嘛，」這幾句話說得有點氣弱，胸膛却鼓得挺挺的：「看什麼看，我一個人撐到現在，我就不相信有人被堵還像我這麼挺！」

「你幹嘛三更半夜跑到這兒被堵？」

「關你屁事。」

條子是個楞直的人，不比他哥哈尼，還有點謀略算計。只是恨恨吐口痰：「媽的，這些眷村的王八蛋找到我們地盤上來了。」

「我告訴你，今天就不是眷村這些小鬼，也會是別人來克我們爛飯。你老哥不在，一定會出問題，從前跟你說你還不信哩。」

這一句話下得狠，分明是懷疑條子的管事能力。條子扁著嘴沒說話，兀自沉思半晌。

追人的仗人多一路落花流水的趕下去，獨獨小四脫了羣，在靜黝黝的走廊上晃

蕩。人在發育期的時候，身形似會總被一種看不見的力量拉得不成比例，小四就是這樣，長手長腳像迎風招擺的枝條，走起路來沒啥精神，走廊上月光把他的影子摜在地上，越發像一棵會走動的樹。

他每到一間教室就打開燈瞧瞧。條子要他搜尋有沒有藏身在教室裏的眷村小鬼。

找到了又怎麼樣？一個人赤手空拳起不了作用，何況他還沒打過架。

晃到一年級四班的時候，他啪啦開燈，模糊中好像有個女生的人影一閃。小四自己又很反射動作的把燈關了。唸夜校以後，眼睛好像也變成了貓頭鷹眼，對突如其來的強光不但很難適應，還嚴重頭暈目眩。

剛剛有一個女生沒錯。女生這麼晚來這兒做什麼？

小四爲了證明剛才沒有眼花，又扭開燈，人已經不見了。

他想到滑頭爲什麼在這裏被堵，原來是有緣故的。夜裏滑頭不會一個人來實小散步，分明是在這兒把馬子，被眷村的人看見了。

那也不關他的事。聽小貓王說，最近幾個附近幫派爲馬子恩怨頗多。條子的哥哥哈尼，就是爲一個叫小明的馬子和人單挑的，殺了人只好到處潛逃。

女人是禍水？他想，也不能一概而論，像自己的二姊張瓊，天天捧著聖經唸阿門、哈雷路亞，一輩子惹不出禍來。

張震回到操場，見小公園幫的兄弟們已經逮到了一個瘦瘦小小的眷村小鬼，用手電筒直照他哆嗦的臉問話。小鬼頭一次被堵，嚇壞了，低聲求饒，一口四川話，在這時候顯得彆扭有趣：「不是我通風報信的，我只是跟他們來，自己人……大家是自己人……」

條子還呆在一旁沉思，滑頭顯得像個老大似的，在地上撿了半個磚頭，對小貓王和飛機說：

「你們倆不是想混嗎，這個人太吵了，讓他安靜一下！」

小鬼看到磚頭，嘴角都抖得流出白沫來。小四沒再走近，怯怯的把頭別過去不敢看。

滑頭把磚塊遞給飛機，飛機沒接手；滑頭又把磚塊放在小貓王手裏，小貓王的手顫顫危危舉了三十度，頭却低了九十度。

滑頭搶過了磚子，很不屑的說：「想混你們還怕，孬種！」哐啷一聲，往小鬼的臉砸下去。小鬼應聲倒了，抬起臉時，滿嘴是血，久久吐出一顆白牙來。小貓王和飛機也都別過臉，不忍看他求饒得那麼淒切。

「好了吧。」條子一說話，小公園幫全數一哄而散。

小四回家時，家人全都睡了。他一個人在廁所裏開燈又關燈，試了幾次還是覺得眼裏一片花白，像滿天星星眨眼睛。

「怎麼那麼晚回來？」

張媽媽披了外衣出來看。

小四沒回答，只答：「眼睛會花。」

「早點睡就好了。」

母親沒再問下去。小四關了燈，回到自己的壁櫥狗窩，一閉眼，腦海裏還全是實小裏頭的事情，那小鬼被扁得血腥腥的。那件事透著一些不尋常的蹊蹺，讓他一夜做夢都不舒服。

那可是他見識的第一場鬥狠場面。

4

又是星期六了。

睡上鋪的哥哥張強，六點鐘就起了床。壁櫥的門沒關好，灑進來的陽光正好停在張震臉上當無聲的鬧鐘。

這天輪到張震班上參加週會。張震想到這事，再也不敢賴床。狠狠的刷牙洗臉，不久就聽到小貓王在門口學泰山叫。猴黑猴，猴黑猴——怕整個巷子的人都知道他來了。

「小四，怎麼今天這麼早？」

他背了書包衝出門去，大姊剛從浴室出來，喊住他。

「週會。」

小四答話一向簡單。

小貓王在門外瞥見大姊穿著半透明的襯裙，傻呼呼吹了聲口哨：「哇，貴妃出浴吔。」

不料大姊聽見了，馬上擺出茶壺架勢：「小鬼好的不學，專學壞的。」

大姊還要叫罵下去，小四拉了小貓王就跑。

「你老姊越來越像美國人了，早上起來洗澡！」

小貓王說。小四把腳踏車騎得好快。他現在騎腳踏車技術好到可以放雙手一分鐘，沒問題。

週會對他們來說是最乏味至極的一段時間。

台上有個瘦瘦乾乾的人，說是前好幾任學長，自願在每星期六下午來醫務室義診，擔任校醫，爲了報答母校的栽培。小四和小貓王還逕自說著實小的事件。小四肯定滑頭這傢伙是帶馬子晚上到實小散步才被堵的，他相信自己的推理。

「原來如此。」

小貓王恍然大悟，「可是那馬子是誰，你認得嗎？」

小四搖搖頭，他沒看清楚。

小貓王自己下了結論：「不是小翠，就是小明，可是滑頭這時應該還不敢沾小明……」

小貓王對女生也沒什麼興趣。除了貓王普里斯萊以外，他的腦袋裏還很難裝下其他東西。

「爲女生被堵，情聖吔——」

沒想到這一捕風捉影的無心話，就惹來滑頭的大大不滿。這一堂考英文，小四一坐下來，滑頭就緊跟著搶了隔壁小貓王的位子。

「你在外面亂哈拉什麼？」滑頭來者不善，翹著屌斗下巴冷冷問小四。小四看他模樣，想及前一夜他被堵的狼狽，暗覺好笑。

「我講什麼？」

「你說那天晚上看到我和馬子在實小裏頭？幹，你沒看到可別亂講。」

小貓王來了，要討位子，滑頭不讓，一推：

「你不會去坐我位子啊？滾！」

小貓王悻悻然到後面去坐。英文老師踏進教室，開始發考卷。小四一勁兒埋頭苦寫，不理他。

「給我抄！」

老師走出教室和隔壁班監考老師聊天，滑頭的眼波就丟了過來。小四很冷漠的瞄了滑頭一眼，分明不讓。

「不給我抄，你就試試看！」

滑頭追加一句。小四反而用手臂把考卷圈得密不通風。

考完試，一出教室，滑頭一拳猛K過來。小四沒躲好，撞到柱子，刷出半臉血痕。

「媽的，叫你給我抄，你還心不甘情不願。老子抄你還是看得起你！」

飛機拿著棒球棍子走過，小四一把奪在手上，高高舉起，偏偏後面傳來訓導主任的聲音：「幹嘛？打架啊？」

滑頭這個綽號，也不是憑空得來的，他隨機應變的功夫絕對一流：「沒有啊！在玩。」立即笑容滿面。

訓導主任看看球棒：「前幾天有人拿球棒打老師的，你們這些學生越來越不像樣了。這支球棒我要沒收！」

說完，拎著球棒走了。飛機在一旁敢怒不敢言，待小四回到教室，才挨著他說，球棒剛買來，還是新的，七十幾塊，不便宜。

「你不要看他好學生，你跟他搞上，他會玩眞的！」

教室外人聲喧嘩，但小貓王中氣十足，把這句話說得歷歷分明。小四的眼又花了，頭有點暈，只聽見滑頭呸了聲：「老子天不怕地不怕，還怕那種貨色……」

小四回家以後，只道臉上血痕是打球撞到的。他不是喜歡說謊，只是習慣沉默。很多事不用講太多。

張家一家七口，張爸當公務員，張媽領的是一年一聘的小學聘書，雖然說是兩份薪水，但事事物物都要錢，活得日益拮据。

「布衣暖，菜根香，日子過得下去就好。」張道義自有一套安貧樂道的理論，用來安慰老妻，兼以開導孩子。

錢不夠用，跟巷口胖叔雜貨店賒帳，已經是十年來兵家常事了。大姊張娟大了以後，到胖叔店裏拿東西，多半由大姊去，替張媽省了不少力，但大姊也頗有怨言，因爲胖叔越來越刁難。

這一天張娟送男朋友從家裏出來，經過胖叔店面，買了一塊南僑肥皂，又包了半斤紅糖，照舊記帳。胖叔酸裏酸氣，沒給好臉色，還當著張娟的面就說：

「現在女孩子不太檢點，沒結婚男朋友牽著滿街跑！」

張娟個性也硬，臉不紅氣不喘，把男朋友的手握得更牢，有說有笑走了出來，不理胖叔咕噥。只在晚上陪張媽做菜，加了一句：

「媽，我們不要再到胖叔店裏賒帳好不好？胖叔最近好死相，不曉得我們哪兒得罪他了。我們到底還是會還他錢的，他憑什麼給那種臉色？」

張媽媽和胖叔相識那麼多年，堅持胖叔人性本善，只是小心眼而已，笑著：

「還不是看妳上了台大，他女兒考幾年大學都沒考上。他高興說什麼就讓他說。我們也沒少塊肉。」

一家人只有在週六週日才全員到齊吃晚飯，畢竟小四上的是夜校。

張媽媽端菜上來。小妹張婉又抱怨了：

「天天吃蕃薯葉子，再吃臉都長得跟地瓜一樣。」

「妳喜歡吃什麼都行，長大以後自己賺錢，買給爸媽吃！」

張道義臉一沉，喝斥了張婉。他總嫌張媽媽偏心慣壞了這個小么女。

張瓊還在禱告，張強已經等不及大家，開始扒飯。

「爸爸還沒動筷子，不許動！」

張媽媽向來要大家奉行的「長幼有序」的規矩。

小四已經在臉上擦了紅藥水，臉不痛了，但心頭一股氣，像火山口還在噴著騰騰滾滾的白煙，隨便扒了幾口飯，再也吃不下。

「就吃這麼少？」張爸問。

「吃飽了，吃不下了。」

小四鑽回壁櫥，埋進被窩用手電筒做光源，拿出日記，找到一頁空白，恨恨寫下：「滑頭你絕對逃不掉。」

5

張震很早就知道小明。

小明是建中補校二年級的女生，在條子老哥哈尼還沒逃亡的時候，小公園幫的都管小明叫大嫂，當她是哈尼的人。

雖然已經不講男女授受不親，但這時男女關係還是很風氣未開，跟個女孩兒走在路上，相隔一尺遠，也有人一路叫，泡蜜斯，泡蜜斯。

泡蜜斯這三個字給人的感覺，好像一個人平日無故栽進一筒糊糊的冰淇淋裏去，甜味是有的，但多少惹得一身不乾不淨不清不明。

張震只知道小明是哈尼的蜜斯。究竟一個女生變成一個男生的蜜斯，要發生什麼事才算，他就不是很清楚界線所在。

小貓王大概都還沒踏入所謂青春期，已經懂得到牯嶺街的舊書攤買小本的，買到人面熟了，老板見小貓王從牯嶺街上游晃過去，都會叫住他：「喂，小不點，有新貨色！」

小貓王也曾經要小四和他一起眾樂樂。兩三個肉團團的人抱在一起，看得人臉上一陣酒熱，看多了也沒興趣，不明白小貓王爲什麼樂此不疲。

才初一，他對女生只有一點好奇，泡蜜斯當然沒經驗。

不久前有一回和小貓王走過操場，小貓王告訴他：「喂，那就是方小明。」他才把名字和人連在一起。

小明正興緻勃勃的跟小四班上的劉名虎玩籃球。劉名虎單手運球，小明企圖抄球，左抄右抄抄不到，那樣子很滑稽。她的長相，張震也沒看清楚，只知是白白淨淨的，不胖也不瘦。

不像是人家的蜜斯。那女孩看來很乾淨。

「補校校花吔，哈尼爲她和眷村頭子單挑……」

「知道了，」這話小四聽人傳了一百遍，「眞笨……」

小貓王說：「唉呀，你沒到爲女人傷心的時候，你不懂啦。」

「你就懂？」

「Are you lonesome tonight？」小貓王又叫春般唱起招牌歌。

無論如何，敢在籃球場上公然和一個男生嬉耍的女生還是有點馬蚤，長得再正都是假的。小四那時這麼想。

認識小明以後又不這麼想了。

他在醫護室打預防針時認識小明。

醫護室裏人多手雜，眞正做事的人却只有護士馬小姐一個。馬小姐跟小四這一屆一起進建中當護士，剛開始還有一點白衣天使的溫柔和慈悲，給一羣常進出醫護室、各懷鬼胎的小鬼頭鬧久了，「一張臉愈長愈像馬臉」，這是小貓王批下的毒話。

如果不是規定非打預防針不可，張震可一點也不願意進醫護室。

這會兒馬小姐又嫌打預防針的不會排隊：

「小王八蛋，一個一個來！」

一會兒又指著一個剛進來的補校學生：

「你什麼毛病？肚子痛？想請假呀？沒那麼簡單。」

有個矮個兒的要討維他命丸，她也不喜：

「維他命吔，多吃了也會死，你當它是糖果啊？」

就在輪到小四的時候，方小明被幾個女生七手八腳的抬了進來，看樣子傷勢頗嚴重的，左膝蓋淌著血，皮肉爛糊糊一片。

馬小姐打量了兩眼，肯定這下不是裝的，轉身到診療室喚那個朝會表揚過的醫生，「喂，眞的受傷了一個！」

方小明痛得淚珠兒在眼眶裏打轉，還硬撐著苦笑。

「怎麼了？」

一羣女生在診療室裏七嘴八舌的做答，太吵了，醫生要她們先回去。馬小姐一邊應付來討藥的各小鬼，好不容易才幫小四打完針。針頭一抽出，上課鈴也響了。

馬小姐又吆喝：

「去，去，上課去，沒看的下課再來！」

趕鴨子趕得各路鬼神鳥獸散。

小四邊揉針口，緩緩挪著步子離開，方小明腿上已經裹好了紗布，一跛一跛走出診療室。

「應該沒傷到骨頭，小心這幾天別碰到水，也不要用力……」

醫生有耐心的叮嚀著，看到小四，要小四扶她回去上課。

方小明不要他扶。

「我自己可以走。」

她邊走邊皺眉頭，掩不住吃力的表情。小四遲疑的把手伸了出去讓她靠，小明沒想依他，他又自動把手縮回來。

「你先回去上課。」

小四聽她的話，快步趨前，踩了兩步還是折了回來，「我還是等妳。」

走近穿堂走廊，趙教官高亢的山東腔就排山倒海的湧進耳窩：

「我從前待過台中清泉崗，哇，那是妳老家呀，那裏空氣好哇……」

聽來趙教官是在和福利社的小妹聊天。

他們管福利社小妹叫紅豆冰，因爲穿堂福利社裏還算能吃的東西只有紅豆冰而已，有時候小貓王和飛機還故意惡作劇掀紅豆冰的短裙子，看看裏面是什麼顏色。

好一晌趙教官還在口若懸河，沒有走的意思。

「這會兒一出去，不說我翹課才怪！」

「那也不能在牆角邊躲一堂課呀！」

「我知道有地方。」

小四知道班上小虎、滑頭他們翹課是從校園後邊一株榕樹後翻牆出去的。他自己沒試過，但很容易翻過了；小明腳受傷，只有幫她點。以前沒發現女孩子的手那麼細軟白嫩，像麵包心一樣。

小四決定帶方小明到戲棚燈光架上。

夜色漸漸暗了，顯得戲棚子裏燈光特別燦亮，佈景搭的花園、涼亭、老井和雕樑畫棟歷歷在目，雖然有點假假的，也確實比白天堂皇。

導演剛放下便當盒，女主角那邊就嚷嚷起來了：「這什麼劇本，不合理嘛，一下子古裝，一下子時裝，那一國學來的拍法？喲，古裝也要我脫，時裝也要我脫，這我可不能接受！」

女主角叉起兩手，罵完以後悶悶坐得像菩薩。

「又不是我要妳脫，」看來導演對選角不滿也積怨多時了，「是製片要妳脫的，反正妳就是個肉彈明星嘛！」

女明星一聽，火上加油，一甩頭踩著高跟鞋咔啦咔啦走得好急。導演在她背後大吼：

「什麼東西！她導演還是我導演？」

見導演在氣頭上，全場沒人說一句話。

小四和小明見沒啥可看，溜了下來。導演吵了架後就悶著頭抽煙，瞥見他們鬼崇下來的兩個人，發出了聲音：「喂！」

小四沒打算理睬，方小明卻不自覺停下腳步。

「幾年級了？」他指小明問。

「初二。」

導演若有所思，仔細打量小明，要場務記下她的地址，一邊嘴裏咕噥：「這種戲就該找這種小女孩演嘛，三十幾歲的老太婆，給她機會她還拿蹺！」

他說過兩天要找小明試鏡。小四在一旁站傻了。

試鏡？那豈不是要小明學剛剛那個肉彈麼？

小明的嘴角有一抹若隱若現的微笑，她爲自己的美麗在驕傲。小四很不以爲然，演電影有什麼好？如果像剛剛那個女明星一樣演，電影一播，不是都給人看光了嗎？。

6

第一次見面，兩個人沒什麼深入交談，不好意思問太多。

隔幾天小四在植物園荷花池旁邊看書，見方小明姍姍從另一頭走來，小四想了很久，鼓足了勇氣才叫出聲音：

「方小明——」

小明的小腿很直很白，很像荷葉梗兒。她也遲疑了一下才走過來。

「喂——」

「幹什麼？」小明靜靜微笑著。

「妳……妳是不是哈尼的女朋友？」沒想到自己問出的是這句話。張震自己也楞了一下。

小明沒有回答。

「妳……妳眞的要去試鏡啊？」

見苗頭不對，小四又換了句比較順耳的。

「不知道吔。」小明笑開了，「說不定。聽說演電影可以賺很多錢，有錢可以做很多事。你有沒有事？走！我們去吃冰慶祝我有機會試鏡。」

小四答應了，但是面有難色，他口袋裏一毛錢也沒有，這個月零用錢賠了飛機的棒球棍還不夠，還是老哥張強慷慨解囊的。

一看小四臉色，方小明就知道大概：

「沒關係，我也沒錢，可是我有辦法，跟我來。」

小明帶他到附近的靶場。阿兵哥們正在打靶，槍聲隆隆，一聲接著一聲，好像天地都在震動。

「當兵眞的很過癮吔。」小明說。

小四可不以爲然。他聽張爸說，伯伯就是在徐蚌會戰中給打死的，却也沒有反駁她。女生嘛，高興怎麼說就怎麼說，反正輪不到挨子彈。

不久，槍彈聲停了。方小明喚他：

「喂，跟我來。」

「幹什麼？」

「挖空彈頭。」

靶場中央，有一些空彈頭閃閃發著金光，好像一枚一枚星星掉在泥土裏，還是熱燙的。

「你怎麼知道這裏？」

「以前我家住在這邊附近眷村，」小明低著頭找空彈殼，很認眞的樣子。「我爸現在還在外島，在大膽當排長呢。」

「還要挖嗎？」不一會兒小四埋頭苦幹了幾分鐘，已經有了五個，「夠換幾碗冰吃？」

小明正要回答，一抬頭，却看見不遠的地方來了三個穿汗衫的小混混，暗叫一聲，「不好了，是眷村的，我們走！」

兩人正要轉身離開，三個小鬼就欺上來了，其中有個光頭的，推了小四一把：

「泡我們的蜜斯也不打聲招呼！」

小四還問：「爲什麼？」

「泡蜜斯，要買票的！」光頭惡嘴惡臉的，像隻要張口咬人的癩痢狗。小四這樣無緣無故給人欺，很不甘心，也擺出山雨欲來的架勢。

「走了，走了，不要理他嘛……」小明想把小四拉走。

小四本想眞走開，忍口氣算了。不料光頭伸手一攔：

「喂，手錶拿來就放了你！是不是放在口袋裏？」

「我沒有手錶。」小四冷冷地說。這句話是實話。

光頭不信，把手伸進他口袋要撈。小四趁他一個不及防，猛踢了他老二一記。光頭一個跟蹌跌在地上，痛得唉唷唉唷叫爬不起來。

兩個跟班找砸的，見情勢不妙，以爲遇到狠角色，逃得沒命似的。

「走吧。」

小明怕小四在光頭身上補上幾腿，多惹事反而不妙，用力抓著小四要走。小四却也沒落井下石的意思。

「去哪裏吃冰？」

走了一晌，兩人默默沒有說話，小四便先開了口。

「我回家去了。」

小明忽然加快了步子，踏出靶場外逕自往對街走去。

「爲什麼？」他實在不懂哪兒惹她了。

後來小明告訴他，她不喜歡人家打架。她和眷村那些混混還做過鄰居，一起長大的，難怪眷村的人要叫她「我們的蜜斯」。

那天，冰沒吃成，他只得把空彈頭留下來做紀念。

7

二一七眷村幫的大本營在彈子房，小公園幫的基地在冰果室，兩幫的恩恩怨怨一向少不了。

二一七眷村幫這時還有山東當老大，小公園從哈尼逃亡以後，明裏條子領軍，但誰也不服誰，比如滑頭，就很想當老大。條子到底不夠狠辣，光從他平常會唱歌又愛唱歌這一項來看，就知道他這個人感情成分到底比理智多。

兩幫涇渭分明少有往來。唯一能夠在兩邊裏頭穿梭來去的是葉子，葉秋桐。因爲葉子除了喜歡搞錢以外，不搞任何色彩。

小四的哥哥張強，是葉子初中時的同班同學。葉子也把生意腦筋動到木訥的張強身上，知道張強打彈子的技術不錯，就把張強也當賭具，他幫張強出點小資本，要張強到眷村幫的彈子房去賭，贏了的話三七分帳——他七，張強三。這個方法沒讓葉子蝕過本，葉子也就任張強跟人家越打越大起來。

彈子房裏球藝最精的不是別人，就是山東的馬子小神經，小神經留著一頭遠看很飄逸的及腰長髮，臉蛋也秀氣，可惜人長得高壯，說話比人更粗，動不動也「操你媽個B」大喊，全然不讓鬚眉。

和小神經對打，張強也能贏，那球藝眞是高強了。小神經輸球後雖然粗話不斷，倒是挺心服。

葉子的服飾總和眾人不相同。一般人不是穿制服就是套汗衫，葉子嘛天天西裝，把個頭梳得比抹豬油還亮。他不只想搞眷村幫的錢，連小公園他也要加一腳。不知怎麼和條子搭上線，他就利用條子愛秀歌喉的弱點及長處，聯合小公園的人在中山堂辦一場別開生面的演唱會，他負責宣傳賣票，二一添作五。

葉子得了便宜還賣乖，還在籌畫階段他就到處招搖，要誰都知道他在兩邊都可以撈一票。

果然小公園幫平素不服條子的人就不滿了。

滑頭當然是反對者。知道這檔事後，就在小公園週六晚上演唱會最高潮的時候，他帶了五六個人馬，長趨直入內室，來勢洶洶，這樣自然打擾了忘情跳舞的男男女女，有些怕事的看苗頭不對，腳底抹油就走了。

正在唱 Wooden Heart 的條子，臉色都變了，匆匆招手叫小貓王來接唱，氣沖沖的往內室奔，一進去就指著滑頭鼻子大罵：

「操你媽的，我搞定的事你來攪和！你把我當什麼東西啊？」

滑頭可硬得很，因為中山堂的場地要借出來得靠他老爸的關係：

「演唱會場地是我爸在管，你憑什麼決定讓葉子分那麼多錢？」

「葉子是來幫忙的。」

「幫什麼忙？你給他那麼多好處，還不是因為他答應讓你上台唱歌！」

「你什麼意思？」

條子的弱點被抓住了，十分惱火，登時就要幹上去了。兩邊看熱鬧的忙把條子架開。
見氣氛火爆，滑頭要本來跟在身邊的小翠先出去。
小四正和飛機合力在搬一個喇叭。小翠一看到小四，表情就變得很怪異，好像有什麼話含在嘴裏要說，又很猶豫。好不容易叫了出聲音：
「喂，你是張震啊？」
小四抬起頭，正好看見她一雙在火紅迷妳裙外細長的腿，然後才見到她一張皺著眉頭的臉。
「你在外面講，那天晚上在實小看到我？說滑頭是爲了我在實小被堵？」
小四沒想到這件事還沒完沒了。很覺委屈：
「我又沒說是妳，我沒看清楚。反正是有個女生。」
小翠本來就有個翹下巴，這下更懸得老高。小四看她不太對勁，又加了句：
「喂，難道不是妳嗎？」
「哼，」小翠冷笑一聲：「是我，是我又怎麼樣？」頭也不回的跑了。

「滑頭因爲那件事還覺得很沒面子。」飛機悄悄對他說。

「又愛泡蜜斯，又怕人家講。」小四搞不懂這關係。

內室裏傳來砰隆砰隆的聲音，看來滑頭的人馬和條子這邊又幹起來。

趁條子在內鬥，台上的小貓王倒是很愉快的一首接一首唱貓王的歌。

8

滑頭和劉名虎上課前在籃球場動手。

滑頭掛著彩進教室，平常的耀武揚威全不見了。

小貓王說，活該滑頭愛管閒事，去找劉名虎麻煩。

「什麼閒事？」

上英文課了，兩個人還在底下窸窸窣窣的說話。

「滑頭找上小虎，問他，小明是誰的馬子你知不知道？」

「爲什麼找上小虎？」

張震還不懂。

「你不知道啊？小虎在把小明，而小明是小公園老大哈尼的馬，老大一走跑，馬子就被搞走，下面的人當然覺得有辱門風。」

「哦。」小四忽然覺得很不高興，臉色一沉。小明不會跟小虎那種人的，他不相信。

「滑頭總算吃了苦頭，嘻——」小貓王還津津有味的說著。

國文老師耳朵不只有點重聽，眼睛又老花得嚴重，所以教室內儘管人聲嘈雜，夫子他還是照本宣科。

小貓王還顧著吃吃笑，教室裏却陡然靜下來，顯得他的笑聲特別清晰。國文老師終於往他那兒望了一眼。

這時忽然傳來一陣腳步聲，睡著的人都醒了，原來是導師帶新同學進來。

新同學一身制服光鮮整潔，看得出來是新裁的，還漿過，眉宇軒昂但臉上怎麼看都有一股凜然不可侵犯似的肅殺之氣。

「這是新轉來我們班的馬同學，馬志新，以後大家要互相照顧。」

照慣例，大家很客套的鼓掌起鬨。導師向國文老師賠了聲打擾就走了。馬志新依導師意思揀了最後一排的空位坐下。

「看樣子是混的……啊，我想到了，」小貓王最愛查探底細，「馬志新——是上回在板中砍人的小馬嘛，就是他！砍了人還能轉到我們學校來！聽說他老子是司令，果然不是蓋的，砍了人還越轉越高級！」

國文老師正在舉例，說中國字博大淵深有學問，是洋文比不上的，訓示他們得好好學中文。

「比如『山』字，你們看，簡單的四劃，一、二、三、四，就寫出來，英文嘛你們給我拼拼看，MOUNTAIN，這多麻煩！」

一轉過頭，特別注意到小貓王，發現他又在竊竊私語，毫不客氣的點他的名：

「喂，王同學，你對這個問題是不是有什麼見解啊？站起來，說給大家聽聽。」

國文老師少說五十歲了，非常要求尊師重道，不發現毛病則已，一發現有人不夠禮貌，就叫人罰站。

小貓王一臉無辜的站了起來，虧他還能靈機一動：

「老師這麼講，也不盡然呀，那這個『我』字怎麼辦？I，I，I呀，多簡單。」

全班同學哄堂大笑，小貓王耍寶成功，得意非凡。

「你嫌『我』字麻煩，I就簡單？好，給我上黑板來罰寫『我』一百遍，讓你知道『我』的妙用——」

給小鬼消遣，是可忍孰不可忍？國文老師當然不會放棄整小貓王的機會。

小四心裏惦記著小貓王剛下說的話，也無心聽課下去。腦海裏全是小明的影子。

他只看過小明在籃球場上和劉名虎玩搶球。當時他是覺得一個女孩子這樣蠻大膽的，可是後來想想，玩玩嘛，小明也沒有錯。

小四可不相信小明和劉名虎那種痞子會有什麼瓜葛。

可是又有新的想法湧進來：自己或者應該離小明遠一點，小明惹的麻煩夠多了。紅顏是不是非得當禍水不可？

好不容易等到放學。他到車棚裏牽出腳踏車，不想馬上回家，就和小貓王在牯嶺街上蕩來蕩去。小貓王舊習難改，又沿著舊書攤一家一家問：「有沒有小本的？」

他不好意思靠小貓王太近，只得遠遠站著等。站著站著就發了呆。

「小四——」

很細嫩的聲音把他從一片混沌中拉拔出來。是小明。

小四本打算裝做沒聽見。小明却橫過街來叫住他。

「你沒聽見我在叫你啊？」

他還裝：「沒有啊。」

兩人尷尬的欲言又止。

還是小明開了口：

「他們叫我明天去試鏡，你來不來？」

「可以啊。」

這話難免言不由衷。他才不信那導演沒打什麼壞主意。小明靈敏，馬上窺知他心裏有事。

「你怎麼了？」

「沒有啊。」

「走，我們到別處講好不好？」

他的人和他的車，好像被一種引力拉住了似的，陪她移動，沒等小貓王，便和小明悄悄走出了牯嶺街的昏黃燈影和人羣。走到了片廠。

片廠空無一人，想是收工了，一片黑暗，只有從通風口灑下一片慘藍色的月光。偌大片廠只有他和小明。

「你今天怎麼怪怪的？」

小四本來不想解釋。但小明一雙清澈的眼睛，好像急於看透他內裏的靈魂一樣。他還是問了：

「妳現在還算不算是哈尼的女朋友？」

「你見過哈尼嗎？」小明反問他。

小四搖頭：「可是……我聽過他一些事。」

小明好一晌沒說話。他忍不住用眼尾餘光去瞄瞍她的臉，感覺到她好像在笑，在回憶中微笑。

她用一種很輕柔又很憂傷的聲音說起過去，可是她在笑。

她說起父親在外島，很少回來，自己和母親相依爲命，寄人籬下，也說起母親的氣喘，常在半夜發作，普通的藥已經沒效了，又沒錢能夠讓母親好好看醫生。

也沒打算掩藏和哈尼的事情。像她這麼一個在憂患裏早熟的女孩子，其實知道，怎麼說哈尼都會叫張震激動不已。可是她還是說了，那是她目前擁有的最燦爛的歷史。哈尼和二一七眷村的老大決鬥，確實是爲了她。她說殺人那天哈尼喝醉了，可是沒讓任何人知道，當天晚上有一場拚命的遊戲。

「其實被殺的如果是他，我也不會驚訝。」

小四是聽得目瞪口呆，他不知道這個清秀漂亮的女孩子，擁有的到底是怎麼一個世界。小明沒管他的反應，逕自說下去了：

「我從來沒有像那天晚上那麼愛他。他就那樣孤單的離開我，孤單的走掉，走過大水溝，走過學校圍牆，一個人去赴他的約會。那個時候我才明白……」小明掉進回憶裏，「……原先，我一直以爲自己喜歡的是他的威風和帥勁，那個時候我才發現，我愛的是他的孤單……你知道嗎？他隨時準備爲我去死……」

通風口的月光靜靜在地面上挪移。有一顆淚迅速的從小明的臉上落下來，小四看得好清楚。什麼是愛？那個時候他正在想這個問題。

他第一次想到愛不愛這個問題。

小明又問他，明天試鏡，他來不來？

小四又點了頭。但終究，沒有心情去。

9

心情不好的時候，什麼倒楣事都一起找上門來。

數學月考考試，滑頭又搶了小四隔壁小貓王的位子，非要抄他的卷子不可，憑小四以肘當牆怎麼擋，他那雙賊眼還是大無畏的掃射過來。

滑頭視力恐怕比小貓王還好，否則不會在重重阻礙中還抄得一字不漏，連錯誤都一模一樣。

發數學考卷這一天，兩個人都給喚到教務處去了。數學老師一個式子一個式子比給教務主任看：

「看到了沒有？你看，兩個人錯得一個字兒不差。」

小四和滑頭在一旁陪著站。滑頭反正是認栽了，知道自己做了賊，贓物被起，再狡辯也沒用，很是垂頭喪氣。

小四不服氣，顯得氣定神閒，兩眼直瞧天花板。

「你們兩個爲什麼要作弊？」

教務主任凌厲的眼光掃瞄過來，看看小四，又看看滑頭。

「我又沒給他抄。」小四不想多作解釋，他又沒錯。

「那怎麼會錯得一樣呢？」

他不會用偷看的啊？關我什麼事？小四心中暗笑一聲，不馴愈寫在臉上。「是他要抄我的，我又沒給他抄！」

「還強辯！」

教務主任很堅持己見，兩個人錯的一樣就是兩個人都有份。

見小四不吭聲，眉頭糾結著一股隱隱的凶氣，教務主任又加一句：「你敢對老師頂嘴？我就送你到訓導處加記一小過！」

小四也火了：

「爲什麼要記過?我又沒犯錯!」

訓導主任這時沒事兒晃進來，見又是小四和滑頭，破口就罵:「又是你們兩個不良少年，敢對老師這樣講話?什麼都別說了，叫你們家長來!」

叫家長來，可是火燒到家裏去了。滑頭和小四的父親都是公務員，自信榜樣立的好，很難相信自己兒子會作弊。滑頭父親愛面子，看兒子這支大過再記下去，恐怕也得走路，自動辦了退學。

小四硬著頭皮請自己父親到學校來。張道義聽完小四的理由，覺得自己兒子一點錯也沒有，義憤塡膺，當下表明:

「怕什麼怕!我就到學校去，討他一個公道!他要記你過?簡直不分是非曲直!」

本來小四也不怕。但看自己父親爲這事氣得青筋暴現，反而有點莫名的擔心。以張道義那種個性，怕不跟訓導主任大吵才怪。

果然，第二天下班，張道義就在訓導處和訓導主任爭得面紅耳赤，不肯罷休:

「你們怎麼可以這樣辦教育！這樣是官逼民反嘛！我把孩子交給你們，是希望你們教他怎樣做個光明正大的人。今天他如果有錯，你們處罰他，我不會說半句話！這次他明明是被同學欺負了，你們不但不查個明白，還他公道，還要記他過，這太不公平了！」

訓導主任起先還維持著不慍不火、慢條斯理的語調：

「你兒子已經夠幸運了！另外一個，已經退了學。」

張道義對這種回答無法表示滿意，兩隻手往辦公桌上一撐，個兒就比訓導主任高上一尺：

「這是什麼話？那個學生是因爲前科累累，記過太多才被退學的！你們這些教育官僚，拿這種理由來叫我心服？開玩笑！誤人子弟，教壞國家未來的主人翁！」

「主人翁？」訓導主任也火得尖酸苛薄起來：「你這個當父親的還好意思說？你以爲你兒子是什麼好東西？你問他，他有沒有給我逮過？」訓導主任還記得那支被沒收的棒球棍。

「那跟這件事有什麼關係？」張道義大學時唸的是哲學，最怕人家沒有邏輯概念：「我沒見過你這麼強辭奪理的人！」

吵著吵著，連桌子也拍了。張道義還差點把盛著熱茶的磁杯給扔到訓導主任油亮的禿頭上，兩人之間理性速減，怒火遞升，再也不可能講什麼道理。

張道義索性不說了：「要記過就記過！記個過也不會少塊肉！給你們這種官僚記過，還是我這個做老子的光榮！」

早有人走告小四，他爸爸到學校來了。小四便偷偷在訓導處門外貼著牆聽，這一幕他也都看到了。張道義怒氣沖沖奪門而出時，他知道自己記過已成定局，有些氣餒，却沒怪父親。父親沒錯時跟他一樣，決不肯低聲下氣。

張道義衝出去牽鐵馬，小四也尾隨了去。父子倆相看一眼，默默各自牽了車走出校門。平行走著，腳踏車軸同樣發出嘶嘶咔咔的響聲，天色就在細碎的雜音中漸次黯淡下來。

推車推了好久，張道義才清清喉嚨說了句話：「沒關係，你沒錯。」除了安慰小四外，一半自然也是安慰自己，你也沒錯。

小四沒說話。他很少跟自己父親單獨的走這麼近，這麼久，這麼同仇敵愾。路燈一盞一盞打在自己父親臉上，剎那光明，剎那陰暗，他在忽明忽暗中悄悄探看父親，看見父親的表情像個朋友，和他承擔一切錯。張道義走著走著說起大道理來：

「讀書麼，其實就是要去領悟眞理，然後勇敢的相信它，照著它作人作事。嗯……我希望這件事對你反而是個鼓勵。」

說完了訓誨的話，張道義忍不住要掏煙抽。他這煙癮少說有十多年了，生活擔子愈重，愈發抽得兇悍。有錢時抽長壽，沒錢抽新樂園，他不是個重享受的人，現實生活也不容他有什麼口腹之欲，十多年來富或貧的代號，對他而言只是長壽或新樂園。

走過胖叔的雜貨店，張道義要小四同他一起去買一包煙。拿了煙，還很特意問小四，有沒有想吃什麼？轉眼看見胖叔那個考了幾年大學還是榜上無名的女兒又在K書，隨口問：「在讀什麼書？」

胖叔女兒一點也不像胖叔。人瘦得一把骨頭，長年顧著店難得見著陽光，皮膚白得像剝了皮的竹筍。不太笑，可是人也殷勤十分，不像胖叔，長一張嘴就是用來吆喝。

胖叔女兒大概會錯了張道義的意思，慚愧低頭：

「在唸補習班。」

張道義一楞，只得解說自己全沒譏笑的意思：「我是說……那本書……好像很厚……」

這話越描越黑了。胖叔從後面接腔，尖酸刻薄：

「她書唸得沒你女兒好，大家知道嘛，何必這樣說。」

「我沒這個意思，你何必多心。」張道義面無表情。他可沒好脾氣陪著胖叔銷磨。

胖叔變本加厲：「我想你也不會有什麼意思，書讀得好又怎樣？我們家女兒雖然唸不好書，却不會在外面亂交男朋友，手牽手的。」

張道義明白胖叔是酸葡萄心理，暗罵自己大女兒張娟，這口鳥氣還是很難吞忍下來：「你這樣就不對了，大家好好作鄰居，何必說這些話來離間感情……」

「就是因爲是鄰居，我才好心告訴你這些。現代的小孩不比我們，花樣可多呢，交男朋友，混小太保……喲，我看你這老四，雖然是讀建中，也還是夜校，很惹麻煩吧！」胖叔似乎把張家的閒事都管盡了。張道義剛才受的窩囊氣還沒散盡，眼看就要一股腦兒貫注在胖叔身上，這時虧有胖叔太太出來招呼，緩和一點氣憤。

父子倆回了家，在餐桌上又挨張媽媽一頓說法：「記過總是個汚點，以後轉學升學都麻煩；人家談事情嘛，是大事化小，小事化無，你一去談就記大過回來！」她對張爸的作法表示強烈的不滿，整個家籠罩在低氣壓裏。

張強看父母正爲弟弟傷腦筋，沒自己的事，說是要到同學家借書，一溜煙人不見了。

他這個人憨直簡單無大志，除了拿球撞球以外，似乎發展不出什麼興趣。葉子又約他在彈子房好好撈一票，他非去不可。

10

小明試完鏡後，興沖沖的等了幾天消息。原以爲導演對她的表演很滿意，讚美她「能哭就哭，能笑就笑」的，不知道爲了什麼，隔了幾天，還沒有人來通知她行或不行。

她確實有點沮喪。

可是她的處境沒給她耽於沮喪的時間。

半夜裏母親氣喘病發作，比尋常又嚴重一些，從喉嚨嘔出的聲音，好像斷水時水龍頭唏哩咕嚕的嗚咽，好像有東西梗著，呑不進來，也吐不出去，半個身子坐起，像僵屍似的挺立。方小明是習慣母親的氣喘了，但情況這麼特殊的還不多。

想想沒辦法了，只得再敲高太太房門。

高太太無奈的應了聲，似乎早已猜中原由。拖了半個小時，穿得端端整整出來，叫小明喚巷口三輪車來載。這種事情對她說來又不是第一次，小明母親在她家裏幫了三個月，每個月總會出幾次狀況，平常那氣喘的聲音在暗夜聽來也像抽水馬達哮哮轉動，只有頻率和聲量的差異而已。

高太太的人算是很和善了，當初看小明母女倆可憐，一起讓她們住了進來，沒想到小明母親這毛病，一天比一天壞，家事沒幫上什麼，反而多了一項累贅。

光醫藥費的欠資，就是小明母親三個月的薪水。

招來三輪車，大雨裏火速往校醫在南昌街開的祖傳醫院奔。診斷出來了，醫生又叫病人少操勞、少做事。

就和小明母親方太太從前的每一個僱主一樣，同情歸同情，耐心總有個限度，誰消受得了傭人變成病人？久病床前無孝子，何況非親非故。

這一次高太太委婉的下了逐客令，說是遠房表親有人要來家裏幫忙，請小明和母親避讓。

方太太自己知道，怨天尤人沒用，禍根子畢竟出在自己的身體，可是在台灣，她一個婦人家，也是夠淒慘的，這依親念頭只得動回小明的眷村表舅身上。表舅向來欺她們孤女寡母，不肯給好臉色。但畢竟也沒別的路了。

表舅是個三輪車夫，一個不識字的大老粗，在台灣退役後討了個黃花大閨女當老婆，生了一窩孩子，孩子全沒問題，可惜妻子是啞巴。一家人擠十來坪的克難房子，雞呀鴨呀又都養在屋裏頭，在門前三尺就可以聞到屎尿橫流的氣息。

「眞不知道你表舅會給什麼臉色看？」

方太太邊收拾細軟邊唸。每回被僱主辭了，就回表舅家，表舅家人也習慣了冷眼旁觀。

人到了一籌莫展的地步，再有骨氣都得學會死皮賴臉。方太太帶小明怯生生穿堂而入，表舅哼了一聲，說了幾句刻薄話，方太太就要起潑辣來，又提起從前表舅欠小明爸爸的人情。

「我們回來住，還不是幫你幹活，你用不著對我嚷嚷——做人也要懂得感恩圖

報……你的三輪車還不是小明爸爸的長官幫忙張羅來的！」

表舅自忖三輪車欠下的情，在數年來幫忙將小明母親送急診時，老早踩掉了。

「媽的，又提這個！這個人情要欠到我死啊？好像我上輩子欠你們，要養你們一輩子……」

方太太倒也堅毅，她就在小明表舅不斷的咕噥與埋怨中，趕雞趕鴨洗地，清出房子的一角安頓。

小明於是又搬回了眷村。自從和哈尼在一起，眷村幫的人已經不爽她很久了，環境所迫，她又回到從來生長的地方，面對一層一層複雜的人網和凶險。她也不願意，但沒有選擇。

11

敲桿張強固然是高手，也不是沒有失手過。

那一個晚上，欠二一七眷村幫的錢，已經累積上千，張強當然沒有錢還，一張臉給眷村幫的護法卡五狠狠壓進盆裏，喝了二一七眷村幫老大山東的洗臉水。

張強這個張家老二，性子軟，人也憨直，吃了虧，一言不發又不敢走，於是只得靜佇一旁看葉子繼他之後被逼債的好戲。大家都知道，葉子和他是七三分帳的，也只有找葉子才逼得出銀子來。

「贏了你就拿，輸了不肯給，今天還擋不出鄒來，看我們怎樣扁你！」

卡五是狠角色，凶神惡煞寫在臉上。葉子知道向卡五說什麼都於事無補，轉而向老大山東求援：

「我手頭眞的很緊，眞的，山東，我又不是不守信用的人。」

山東咧嘴傻傻一笑，目光俐落精明：「可是……聽說你現在票賣得很不錯？」

葉子還在發楞，卡五又補上一句挑明：「沒錢給我們，你還去跟小公園辦演唱會？有好吃的你都跟別人分哪！」

「我也沒辦法，」葉子凡事都有他的理由：「中山堂場地一向是小公園的地盤，滑頭他老爸又是管中山堂的，不跟他合作也搞不定。」

「我搞得定。」山東很有把握的說：「你去把小公園的滑頭叫出來談一談。」

「你們兩家深仇大恨，談……談不攏吧……」葉子最怕和兩幫之間有糾葛，反正兩派對他而言都只是「利益團體」，萬一偷雞不著，就會搞得自己像蝙蝠一樣——鳥不是鳥，獸不是獸。

「這樣啦，如果你搞得定，這個錢我不跟你要了。」

山東到底精明在內。葉子算盤一打，篤定這生意做得，馬上見風轉舵：

「是啊，有鎯大家削嘛……」

滑頭這傢伙從被退學以後，成天在街上閒晃，他爸爸不是不管他，是管不了，給他氣得差點中風，索性放了他去，反正滑頭上面還有兩個哥哥，家風有人承繼。老子不給他零用錢花，滑頭就到處問人家要一點。

葉子抓住了滑頭不服小公園幫條子當老大的弱點，也知道滑頭的日子最近無聊兼沒錢，一看到滑頭就騙他進電影院，山東已經在裏頭等他，葉子見機不可失，馬上口沫橫飛縱論天下大勢。

「小公園最近不太好混吧？我看你們老大哈尼都不曉得死到哪裏去，撇下你們不管，還讓他老弟這種花貨作威作福……」葉子說。

「這關你屁事？」滑頭起初極不友善。但有山東和卡五兩個兇神在，還賣一點面子。

葉子說明這「鴻門宴」的來源：

「本來跟小公園合作的演唱會，現在跟他們合夥了……」

「那我不參。」

滑頭立即表態。出賣自己人可是忌諱，比退學還嚴重，遲早會被扁得體無完膚。

「你先別意氣用事，大家四海之內皆兄弟嘛。中山堂反正是你老爸管的，你跟二一七眷村幫好好合作，好處賺不完……」葉子遞過了煙。

滑頭本來還在硬撐，堅持他這不出賣哥們的原則，但山東一句話，就讓他意志盡消。

「你好像有點女朋友的麻煩？」

「小翠，怎麼了？」

他心裏是懂了，冷然一驚，只是臉上還在裝蒜。那婊子！這種話可以亂說，想害得他死無葬身之地！

「怎麼會是小翠呢？」

山東吐了個煙圈。

滑頭悶不吭聲，彷彿眞是把柄被抓到了。

「有問題我可以幫你解決。那馬子最近又勾搭上另一個囉？叫什麼？小虎——劉名——虎，對不對？」

「老大您神機妙算，神機妙算，」葉子見事情大有轉機，連忙又插進話來，告誡滑頭：「咱們山東是想得開的人，雖然你曾經是小公園幫的，山東絕不會計前嫌。哈尼殺了他們眷村幫老大的事，只能怪他們老大運氣不好，跟你絕對沒瓜葛的。現在大家是朋友了，很多事可以一起搞，他們有好處，你就有好處……」

這個鴻門宴當然不是爲看電影來的，幾個人坐在最後排你一句我一句，自然引起前排的一對情侶不滿，屢屢回頭發出嘖嘖不耐的聲音。葉子嗓門一大，男的忍不住噓出聲來。

山東有禮貌的欠了身：「對不起，對不起……」滿嘴抱歉，一雙柳葉刀似的小眼睛却側過來瞄卡五。卡五會意，隔了幾秒鐘，向前座輕輕拍拍男的肩膀：

「先生，外找。」

那男的不疑有他，也不知闖了禍，往外走去，才到門口就被卡五推到幾個埋伏好的眷村混混手裏。幾個人欺一個，拳打腳踢，痛扁了一頓。

這情形滑頭全看在眼裏，不免心頭發涼。今天若談不成，剩半條命的恐怕是自己。

12

英文課，小貓王又把英文老師糗了一頓。

國文老師總說中國文化博大精深，是西方國家比不上的。英文老師則堅持外國人還是進步了一點：

「英文裏的性別，你們要搞得很清楚。是男的就是男的，女的就是女的，不要弄得不男不女，像中國人這樣馬虎；英文中，一個『他』，就有三種寫法，He, She, It……」

小貓王在下頭和小四說悄悄話，要小四請大姊翻譯貓王唱片到底講什麼。英文老師以爲他又有意見，點了小貓王的名，問他：「王大立你有什麼問題，站起來說！」

「我……」

看黑板上寫著幾個斗大的『他』，小貓王腦中又立即靈光閃爍，問英文老師：

「那如果我問，『他』是男的是女的，要用哪一個他啊？」

英文老師沉默了一會兒，似乎都考倒了。本來不太用心、各做各的事的同班同學，異口同聲笑了出來。

「眞拿你沒辦法。」

雖然知道小貓王有心出難題，英文老師也只有無奈的笑一笑，論風度，他確實比國文老師多幾分「尖頭鰻」的修爲。

下課後大家收拾書包，劉名虎第一個要衝出去，但一出教室門口，遠遠瞥見什麼，馬上縮了回來，從另外一面奪窗而出。

沒多久就見眷村幫的卡五怒氣沖沖的擋住了教室大門，一臉挑釁模樣：

「哪一個是小虎，給我站出來！」

小虎早早逃得不知去向。眷村幫的光頭也在，搜尋一下，只見小四長得似曾相識，再一想，記得小四曾在打靶場狠狠踢過他，一口咬定：

「一定是他！」

不等小四解釋，一夥人連拖帶拉把他揪到校園暗處。

小貓王大喊：「不是他！」但哪有人肯信。眼見情況不妙了，他和飛機對看一眼，開始砸椅子當武器——課桌椅拆下來的木條上還卡著鐵釘，厲害得很。

慌忙焦亂的時候，只有新轉來的馬志新，氣定神閒走出教室，喚住前頭眷村幫的：

「喂，你們是混哪裏的？」

好大口氣。卡五不禁回過頭看看，盯住馬志新打量一會兒，看他衣衫筆挺長相斯文，有了輕蔑之心：

「你不想活了你。」

馬志新胸有成竹，倒也不怕，叫道：「要找麻煩，也不打聽一下這是誰的地盤！」

「混哪裏的？」卡五沒見過他，却隱約明白，這人來頭不小。對峙一晌，才有人貼進卡五耳朵：

「他是小馬。馬司令的兒子。」

「你們一票人，還帶貨，堵一個空手的，太難看了吧。」小馬出言相識。多堵一個人，對眷村幫來說是小事，但若扯上馬司令，那倒楣的可是他們那些終身軍職的爸爸伯伯叔叔，搞不好要好多條命賠他一命。卡五一想，算了，一羣人慢慢散去，留下小四。

「謝了。」

小四低聲對小馬說。怎麼惹上這羣毒蟲，他自己還一頭霧水，直以爲是靶場的事。可是他們一進來時找的是小虎。

「唉呀，我以爲你是好學生。」

小馬不太在意的淡淡一笑。他的眼睛很深邃，長相清朗，看到小四那種文靜的樣子，以爲找到外柔內剛的同類英豪。

等眷村幫的所有人影消失在墨團團的夜色中以後，小貓王和飛機才拿著拆下來的椅子腳衝出來喊殺，當然早就找不到敵軍了。小馬沒見過人家拿這種東西當武器，十分詫異：

「你們用這個東西打人？」

「來救你們的！」小貓王煞有介事。

「混哪兒的？」

「小公園啦。」小貓王報出派別。

「他呢？」小馬指著小四。

「他不混，他是好學生。」

這句話，小貓王不知道替小四答過多少次了。

爲了開示小貓王這些「井底之蛙」，小馬決定帶他們到家裏看那把三尺長的武士刀，他在板中砍人的那一把。

13

張娟要參加舞會時，想向母親借手錶，才發現放在母親首飾盒的手錶不翼而飛。早上看還在，一定有蹊蹺，她決定在母親大驚小怪前查個水落石出。

她先問小四，小四渾然不知。張強聽到她在客廳大發脾氣，才出來招認：

「大姊，是我拿的。」

張強偷偷把母親的手錶當了四百塊錢，還彈子房的賭債。原本說好贏了的話葉子和他七三分帳，後來輸得奇慘，葉子立刻推翻「輸了他負責」的說法，要張強自己繳清欠資。

張強沒法子，只好出此下策。反正遲早會被發現，用不著說謊。

大姊氣極了，又不能坐視不管，只好把自己的儲蓄掏出來了事。

小四只覺得哥哥最近有點奇怪，常常很晚才回家，原來是和眷村幫的人有了瓜葛。他也沒問哥哥緣由，他不信張強會混幫派。

自從到靶場揀彈殼和在牯嶺街不經意碰見小明那一次後，隔了許多日子，這天他才在醫務室再遇到小明。小明問他，要不要跟著去冰店？小貓王和飛機都在冰店裏。

「小貓王叫我今天下午一定要到冰店，神秘兮兮的，好像有什麼事情。」或許小公園幫眞卯上了什麼事。這天小貓王和飛機都沒上學，很有默契的不告而缺席。

「你去不去？」

「我去。」小四點點頭。

「不怕我給惹上倒楣的事？聽說昨天眷村的人去教室找你？」小明笑著逗他。

「我們又沒怎樣，有什麼好怕。」

小四不知不覺也承傳了父親「行得正做得直，牛頭馬面的面子都不賣」的脾性。

他用鐵馬載小明到小公園冰果室。冰果室裏空無一人，連服務生阿美都不在。兩個人相對無言，很尷尬的靜坐著。

然後小明就在冰果室裏玩唱片。放貓王的音樂，吵得很，電吉他的強烈節奏強迫式的塞滿冰店的每一個角落。

一曲放完的空檔，冰果室的後門咿呀推開了，幾個小公園的人湧進來。滑頭、小貓王、飛機都夾在裏頭。有個戴水兵帽穿大喇叭褲的人很面生。

「你來做什麼？」

小貓王一瞧見他，臉上不太對勁。

「沒什麼，看看你怎麼不上學？」貓王的歌聲又短暫響起，沒兩秒鐘就被人拿開唱針。

小明這時看到了那個戴水兵帽的人，好像很訝異。呆了半晌，起身走到那人跟前。

「是哈尼。」

小貓王說。

「你走吧，這兒沒你的事……」

小貓王話未說完，滑頭就帶了三四個兄弟把小四圍住，挑釁似的問他：

「你來幹什麼？」

小四恨他那種吃人似的頤指氣使：「這你家開的，不能來啊？」

「好多天不見，好像比以前帶種嘛……咦？聽說你們最近很甜蜜？」滑頭仗著兄弟多，故意譏嘲他。

「『你們』是指誰呀？」

小貓王見氣氛火爆企圖打圓場：「他來找我的，沒他的事……」

小貓王個兒小，一下子就被推到人牆外。滑頭不理，眉頭一挑罵開了：「帶種的就不要賴，你知道我說誰！」

小明不知和哈尼說了些什麼，抽抽噎噎哭著跑出去了。小四想跟，被滑頭幾個兄弟架起來。滑頭像拍麵糰似的拍著小四的臉頰：「喲，你很狂喲，什麼地方學來

中華民國海軍

的！老子今天好好給你上兩堂課。」

「呸。」小四掙不開，一臉氣憤，又無可奈何。小貓王又擠進來：「大家好兄弟，何必這樣。」

原本站在遠處靜觀不動聲色的哈尼，終於在此時開了口，走了過來：「這種爛飯你也要克！」罵的是滑頭。

「我可是在替你管事，小明是你馬子，是吧！這小子……」

哈尼很不高興，目光森森寒寒，像兩把刀子在替他開路。滑頭終於識相的讓到一邊。

「好啊，你回來，你擺平。」

哈尼走起路來是很有氣魄的大八字，喚小四與他離開了幾步：「喂，過來一下。」

沒人敢在這時吭聲，全屏著氣看好戲。

「我看你不是混的？」

他對小四說。

「我是來找小貓王的。」小四訥訥回答。

「快走吧，沒你的事。」

哈尼冷冷的說。

小四轉身快步走了，他今天又不是來惹麻煩的，不曉得近來怎麼跟磁鐵吸鐵釘一樣，麻煩全自動附上來。

小四走後，滑頭的不服指揮也更白熱化了。滑頭要求小公園幫跟眷村幫那邊和解，說是哥兒們綜合的意思，「眷村那邊，老實說只是你的私人恩怨，既然他們主動和解，和他們辦演唱會有何不可以？」

說完，也沒問哈尼意思，帶一票兄弟走了。冰果室裏只剩幾個年紀小的哥們。哈尼的弟弟條子開了口：

「操！這擺明了要造反嘛！」

哈尼冷笑著，對自己的弟弟說話：「這傢伙當初想出來混的時候天天跪著求我帶他，我兩三天不見，他就這副德性。那時還是你求我帶他的。」

條子被老哥消遣，沒有說話。

「我不在，我看你是搞不過他的！他要比你狠！」哈尼的笑聲越來越淒微，好像胡琴拉呀拉，拉得一根絃要斷不斷：「我們就讓他們的演唱會熱鬧熱鬧……」

小四後來又跟小貓王他們見了一次哈尼。有幾個台客跟哈尼在一起，看來是哥兒們交情。

他不信哈尼是能狠得下心砍人的人。哈尼比他老弟條子長得儒雅多了，個頭也不高，但凜凜然有一種氣勢，叫人很想把他當大哥。

他要跟小貓王一羣人離開時，哈尼還用手勢留下他，叫他等一下。

剩下兩個人靜坐。哈尼好久好久才說話：

「小明那天跟我說，她很喜歡你。」

小四一楞。小明不是哈尼的女朋友嗎？面對著哈尼，他咬著手指，說不出話來。

「其實那天在冰店裏，我一眼就看得出來——」

「不……」小四解釋著：「她其實一直在等你回來。」

哈尼好像沒聽到小四說什麼，眼裏看著窗外，突兀的接上了另一個話題。他說自己在台南逃亡的日子，無聊得緊，天天窩在屋裏看小說，可是現在只記得有一本叫《戰爭與和平》。

「我還眞想寫本小說咧！只可惜我書讀得不夠多。」

小四看他頑皮的笑著，覺得哈尼和從前傳說中大不相同。

哈尼其實也只是像他一樣的一個少年，人又堅強又脆弱，心又孤絕又遙遠。

14

演唱會辦得鬧熱滾滾。

葉子炒錢的眼光果然是一流的。當晚中山堂內外張燈結綵、燈火通明，全台北市最耍帥的太保太妹都躬逢其盛，裏裏外外擠得水洩不通，據說黃牛票還賣了兩倍價呢。

眼看自己大力促成的「端正禮俗青少年演唱會」如此受到歡迎，葉子的得意都寫在臉上，他陪著少年組組長在場內場外晃來晃去，意氣風發。

滑頭和卡五一幫人在場外充當臨時護衛，怕有人來惹事生非。主要對象還是哈尼。

演唱開始，少年組組長訓話，唱國歌，都是少不了的排頭。這一羣混混爲了不掃興也不得不乖乖站好。

開始十分鐘，哈尼現身了。一個人。卡五他們沒料到哈尼敢單槍匹馬前來，都楞住了，怕他還結合三環幫和東門幫的熟人埋伏，一時僵住。

哈尼到了門口，想再往裏頭走。卡五想了想還是把他攔了下來，要票。

哈尼耍起威風來：

「在我的地盤上開演唱會也不打聲招呼，還敢跟我要票？」

哈尼順手把跟著卡五的嘍囉嘴上的煙奪過，扔在地上，「跟我講話，沒有人准抽煙！」跟著卡五的小鬼也叫他的咄咄逼人給震懾住了。

這時已有人通報了山東。山東臉色一變，立即趕出場外。看到哈尼，一臉笑容立即堆了出來，客氣得不得了：

「貴客，貴客，進來聽聽歌嘛——」

哈尼見他如此笑容可掬，也甚覺意外，卻不信山東會懷什麼好心眼：「少來這一套，有本事就別在這裏裝孫子！」

山東強忍住氣：「好日子大家高高興興，不然不好看嘛！人這麼多，少年組的還在裏頭。」恫嚇意味也蠻明顯了。

「我們到別的地方談談嘛。」

哈尼也不想存心搞砸，不過想給眷村的一點顏色，否則鬧開了，他單槍匹馬打不過眾人，自己也不好看。一笑，跟著山東往暗處走，卡五、光頭遠遠的跟在山東後頭，怕老大又吃了哈尼的虧。

山東陰著一張臉，不知在盤算什麼。跟哈尼走了一段路，半句話也沒吭，哈尼感到不耐煩：

「有種就亮出來瞧瞧，不要瞎混時間！」

「你衝什麼衝，別以為我不敢動你！」

山東也要狠，但知哈尼狠起來是出柙猛虎，心裏也一陣怕。

走在路樹陰影拂動的街道上，夜色像弄翻了的墨水，整瓶傾倒在街心，四周都是說不出的黑。遠方燈光乍現，原來是輛公車快速駛來，車頭兩隻眼睛亮晃晃刺進人的眼睛。

山東心一橫，拍拍哈尼的肩：

「小心！」

就在公車駛來的那一瞬間，山東把哈尼往前一推……

公車沒有來得及剎車。

15

當天夜裏，小明就知道了哈尼死的消息。她正在幫母親縫鞋，賺一雙兩毛錢的工資，山東的女人小神經跑來告訴她，哈尼給車撞了，是意外。

接下來小明病了好幾天，高燒不退。小明母親沒辦法，只能猛灌她喝水。她就這樣在充滿屎尿臭氣的表舅家，昏昏然度過好幾個二十四小時。

說心裏不難過是騙人的。她似乎寧願自己的燒退不了，人不清醒時總是快樂些。報紙上說哈尼是通緝犯，意外車禍身亡，輕描淡寫，似乎隱隱意味他這是因果報應。

小貓王、飛機對哈尼獨自赴演唱會的事極不理解，覺得他要去也該多帶幾個人。小馬言之鑿鑿，說哈尼死前是跟山東在一起的，他有看到。

小四總覺得哈尼又是去找死的。那一天哈尼對他調皮一笑，透著詭異。哈尼或者看透了。

他只見過哈尼兩面，對哈尼却有說不出的親切感。

哈尼死後五天，小明才來上學。小四很擔心，這天上課前忽然無意間看小明背著書包從操場走過，追過去問：

「喂，找妳好幾天，妳都沒有來上課。妳生病了？」

小明的臉色蒼白，一張單薄的臉又削薄了一圈，眼眶還泛著紫氣，一看就知道是病得不輕。

小明沒有答他的話，直接說起哈尼的事。

「我以爲他回南部了。她離開的時候還留了南部地址給我，叫我到南部看他……沒想到，他一個人到演唱會去，又是一個人……」

她的聲音幾乎被旁邊軍樂隊的喇叭聲淹沒了。

「妳不要太難過。」小四只能這麼說。

「很奇怪，這幾天我生病……竟然都忘了，想不起哈尼長得什麼樣子……」

小四實在沒有安慰別人的經驗，不知如何回應。雖然心裏頭有好多話要說，心中話却像休火山裏的岩漿一樣，騰騰滾滾，就是噴湧不出來。眼看小明漸漸走遠，他才鼓起勇氣叫住了她，叫了三聲，小明才聽見。

軍樂聲隆隆響，小四只好大叫：「妳不要害怕，我會一直陪妳，保護妳，不要害怕，好嗎？」

演奏忽然停止，他的聲音變得奇大，小四自己聽著聽著一時也怔住了。

小明搖頭，又搖頭，淒淒對他一笑，轉身進教室。

小四相信自己有力量護衛她，儘管他從來不知道，小明會有什麼困難。其實他對她的辛酸，隔著一層毛玻璃，看不見眞實的影像。

第一堂的籃球課，小四就爲小明結下樑子。

他們班和小明班共用一個籃球場，各據半場投籃。小明精神不好，一個人窩在籃球架下休息。小四班上的劉名虎，故意拿球往小明扔去，以爲小明會像從前一樣跟他玩搶球，沒想到碰個釘子，小明理也不理，手一揮把球打走了。

劉名虎很自討沒趣，揀了球回來打。平常跟劉名虎拜把的，就調侃劉名虎：

「喂，你本來不是把得好好的嗎？」

看小虎悶著氣沒講話，又加上一句：

「反正現在哈尼翹了，大家都可以上，你是沒啥指望了。」

小虎一肚子氣的回了嘴：「屁！哈尼算什麼？他不翹我也上！」

這話說得大聲，小四聽見了，渾身不舒服，球也打不下去。小虎看見他臉色變了，給他一句：

「操！你不服氣？」

小四終於忍不住，趁小虎不注意，拿起手上的球，就往小虎頭上砸。小虎的腦袋瓜兒冷不防吃了一記，正想反擊，體育老師剛好吹哨集合，小虎只好作罷。

放學，小虎帶了三四個人，在校門口附近排成一列圍堵他。小四寡不敵眾，被打得鼻青眼腫。

家中，父母兩人正和父親的老友汪狗討論得熱烈，他低著頭溜進房間，才躲過一場盤問。汪狗大概是希望打通張道義這個關節，把處裏的辦公桌椅發包給一個汪狗屬意的有關公司，張道義不肯，汪狗走後還和小四母親吵得激烈。張媽媽一直嫌丈夫不會圓融變通，害得一家子沒好日子過，最後，張道義火了，大聲喝斥小四母親。

小四不勝其煩，忽而感到父母和他的距離有說不出的遙遠。他在日記簿上塗塗寫寫，愈寫愈毛躁。

16

知道小四被扁了以後，小馬便急公好義的以老大哥的態度對小四訓話：

「看你，這次眞的被扁了吧！你憑什麼找人家麻煩，又不是眞的在混！」小馬是有意賣哥兒們的交情：「要不要我幫你出面解決？」

小四拿籃球砸劉名虎頭時，根本沒想到會有這種結果，好像一隻腳不小心踏進大水溝，整個人連拖帶拉就栽進去。他還是嘴硬：

「我自己解決吧！」

小馬家不愧是將軍府，深宅大院的日式房子，門口還有幾隻大狼狗在巡視，小馬不只藏有一把三尺的武士刀，家裏獵槍、手槍也見得到，對小四而言那麼遙不可及的東西，如今都近在眼前，彷彿玩具一樣。小馬從小就愛拆槍、擦槍，據說他的

司令官老爸在兒子三歲時就教兒子立正、稍息、向後轉。

小馬一邊把獵槍上油，一邊開導：

「你不要小看外面混的人，跟他們卯上了，可是沒完沒了。爲了一個女孩子，不値得嘛。難道你要步哈尼的後塵，搞得身敗名裂……小虎講了幾句難聽的話，你就跟他翻臉!?你是想把小明啊？你要馬子我幫你找，唉，就是那麼一回事啦，對馬子不要太認眞，她們都一樣。」

小馬最近不知怎的好像和滑頭的馬子小翠挺熟。像小翠這樣的馬子，小四是挺瞧不起的。小翠就愛穿著迷你裙緊身衣，跟誰都能混，這一陣子聽說是和小馬在一起。小貓王對小翠曾有很毒的形容：「背影像朵花，正面唉喲我的媽」，小四還覺得很貼切。小翠的臉確實不討喜，側臉尤其是，一條側臉的弧好像歪七扭八得失了方寸。

小馬當下就積極替小四物色對象，約了星期天，叫小翠找來一個強恕的女孩子，叫做小玲，由小馬作東，到新聲戲院看《大江東去》，瑪麗蓮夢露主演的。小馬帶著一盒美國大兵吃的那種巧克力糖，叮嚀他：「泡馬子還是得闊一點。」

這場電影看得忐忐忑忑不說，中場時銀幕上竟還打出「張震外找」。小四挺疑惑，誰知道他在這裏看電影？叫小玲的女生揪揪他的袖子，怕他沒看見那行字。小四只有硬著頭皮起身出去。

原來是小虎又帶著幾個兄弟來堵，嫌上次扁他不夠。小四一出戲院，幾個人就一言不發揮拳如雨。小四怕自己萬一鼻青臉腫，給小馬小翠小玲他們看了丟臉，什麼也沒想，密密摀住自己的臉，反正一個人也打不贏，就任他們拳打腳踢，見他沒有反抗的意思，幾個混混下手反而重不了，到底勝之不武。

回座後小馬問小四誰找，小四還說是自己哥哥張強的朋友。

全身痲痛挨到電影散場，小四想開口說再見，被小馬一把拉住，硬要一起散步：

「機不可失！你以爲我眞是帶你來看電影的啊？」

四個人走著走著，到了附近廢棄的舊牛奶工廠。

「來這種地方做什麼？」

「你是眞呆還是裝傻？」小馬邪笑著使給他一個眼色：「像電影那樣你不會啊？」拉著小翠的手，就帶進工廠去。兩個人的身影離小四漸遠，小四的心就跳得越來越急。硬生生站在原地，離小玲有兩公尺那麼遠。

工廠四周早冒出了尺高的雜草，草叢中嘎啦哇啦透出青蛙和蚯蚓的叫聲，來自土地的寒氣一點一滴從小四薄薄的鞋底傳到心裏。小玲比他大方，悄悄靠近他：

「喂，我們走一走好不好？」

小四怯生生答應，頭一直不敢抬起來。

「你怕我啊？」小玲算是沙場老將，她還沒遇到這種生手，覺得很好笑似的，給女孩子這一譏嘲，小四的勇氣多了起來。走入工廠側牆黑漆漆的甬道，兩個

「你把我當老虎啊。」

人挨得更近，小四才聞到小玲頭髮上散發的濃重花露水味，香氣一波接一波，像海浪一樣把他這一葉孤舟打得暈頭轉向，他決定拉住小玲的手。

「蚊子好多唷。」小玲借勢打蚊子，身子傾進小四懷裏，小四本來反射動作似的後退半步，自覺不安，接住了她。又拿一隻手搭在小玲肩上，很驚訝女孩子的肩膀竟然也是軟的。

兩個人努力學浪漫，學《大江東去》裏勞勃米契吻瑪麗蓮夢露那種纏綿悱惻，小四先用嘴唇貼住小玲臉頰，竟然牙齒却抖得跟打擺子一樣。可是小玲身上混合花露水和些微屬於異性汗水的氣味，確實滲在他的身體裏面，他的身體好像起了化學變化，有一把文火在慢慢的燒呀燒。他又好像家裏後院的玉蜀黍植物，一夜之間，吐出了新韌的穗子；又有一些螢火蟲似的精精靈靈在身體的囊子裏頭亂撞，喊著要出來。

他却又想到愛不愛這個問題。他愛小玲嗎？顯然不愛，他們第一天認識。「小馬和小翠現在不知道怎麼了？」就在小玲的嘴唇找到他的唇時，小四忍不住說了這句話。小玲陡然和他分開，尷尬的看他一眼。

「走吧。」小玲低頭拔了一根草，在手裏逗著，不再和他親近，兩個人誰也沒看誰，默默走出甬道。

「我沒見過你這種人吔。」

小玲先克服了忸怩的氣氛，吃吃笑了。「我走啦，後會有期。」她看似一點也不介意的離開，留下小四在廢工廠外發楞，癡癡等小馬出來。

小馬和小翠在做什麼？小四實在蠻好奇。好久小馬才從工廠裏牽小翠的手出來，一臉喜色，想必和他經歷的不一樣。

和小翠分手後，小馬得意洋洋的舉起手來，要小四聞：「小翠的味道，你享受看看。」還是明星花露水的氣味，這時聞來腥嗆嗆的。

小四儘管不理不睬，發脾氣似的把頭一扭。小馬也火了：「操你媽的！給你開心你還不高興！」

小四任他罵，靜靜看著銀白色的一只滿月。月亮也靜靜的看他。

17

老哥哈尼死得不明不白，把一向只懂唱歌作秀的條子給惹火了，當機立斷聯合幾個比狠的台客要直搗眷村幫。

條子知道，不借外人的力氣，這個仇很難報。小公園幫許多混久一點的，都給滑頭分化走了，精銳盡去，跟眷村的人合辦演唱會，這些人或多或少都貪了一些好處，要和他們聯手對付眷村幫是癡心妄想。

好在哈尼在的時候，有幾個拜把的台客好友，大家表面義憤填膺，願意奉陪，其實也是有意介入小公園這塊肥地。

小貓王和飛機被告知這個機密，不過條子聲明只要他們把風，明知他們不是狠角色，參不了殺戮行動就是。

儘管如此，一連好幾天，小貓王和飛機還是磨刀霍霍，小四也就陪著混下去。小貓王聽小馬說，小馬的武士刀是在日式房子的天花板中找到的，他也偷偷把自己家裏的天花板拆卸下來，看看能不能找到一把三尺六，皇天不負苦心人，他終於在天花板一角發現了一大包東西。裏面有一疊日文書信，還有一把銹了的小刀。

小貓王喜孜孜的拿給小馬看，小馬大笑：「你什麼都拿來當寶貝啊，那是日本女孩子自殺用的匕首！」

小貓王當然看不懂日文，不過從其中一封信裏掏一張穿高中制服的日本女生照片，他就開始竭盡所能的幻想起來。他告訴小四和飛機說，那個穿高中制服的日本女學生叫小百合，所有的信都是她在南洋打仗的男朋友寫給她的，戰況愈烈以後，男朋友的信也愈寫愈少了。

「然後呢？」雖然知道小貓王永遠胡說八道，小四仍然想知道結局。三個人騎著腳踏車，身上背包都帶著傢伙，如果不說笑提點神，心臟恐怕會像鉛塊一樣落下地。

「日本投降，小百合就跑到基隆港邊等船，船一班一班的過，都沒有看到她英俊的少佐……一天一天過去了，小百合越來越肯定，她的少佐一定戰死在南洋。於是，她就拿著這把小刀，喏，就是我背包裏的那一把，準備殉情，不成功便成仁……」

小貓王說得口沫四濺：

「突然間，收音機傳來蔣總統以德報怨的消息，所有日本人都可以安全遣送回國……她一高興，就忘了自殺的事，回日本嫁給另外一個人了……」

「我操，你還眞會胡說八道。」飛機放雙手騎車，趁機敲了小貓王一下頭。

如果這種硬架也能用嘴巴打的話，那小貓王的萬能嘴一定所向無敵，像機關槍一樣，見一個死一個。

小四騎在最後頭，他還是在想哈尼的事。人跟人之間似乎眞有「磁場感應」，他跟哈尼大概就是會相吸的那一種。雖然只見過哈尼兩次面，但可以感覺跟他熟悉得很久了；只和哈尼說過幾句話，却也像隨時可以說心裏事的老朋友。有些人，相近到即使矇著眼睛，也會摸到彼此的存在。

條子和幾個台客已經在萬華賭場籌劃大事了。收音機中才剛剛傳出輕度颱風來襲的消息，天邊層層堆棧的烏雲馬上以迅雷不及掩耳的手段響應，不久，雨珠就在屋簷處密密聯成透明的白布簾。

有個和哈尼最熟的台客，綽號叫「師爺」的，打量小四他們三個人幾眼，問條子：

「這些囝仔底家衝啥？」

條子說，他們都是小公園的朋友。師爺瞄了一下還是搖搖頭：

「無路用啦，這些沒生毛的囝仔，生雞卵的無，放雞屎的有，回去，回去……」

條子和台客商量，討價還價的結果，只留下小四。「我哥以前蠻喜歡他的，讓他去吧。」

只有小四被應允留下來。小貓王不太甘願也無濟於事，鼓著嘴把那口被小馬譏爲「日本女人自殺用」的匕首交給他，拍拍他的肩：

「保重！刀我磨利了，希望你用得上手。」

小四跟著條子和台客十多人，搭四輛三輪車，在擊戰鼓一樣的雨聲中出發。幾個台客都帶著三尺六。

三輪車的擋雨幕擋不住寒溼的霧氣，小四還穿著短袖汗衫，冷得直發抖。到了彈子房門口，從擋雨幕的縫隙中一瞥，只見卡五、山東和幾個二一七眷村幫的老字號人物閒閒散散的窩著打彈子，昏黃的燈下香煙煙氣繚繞，像一尾隨時變形的白蛇，彎來轉去。

還來不及驚覺，一羣台客已經揮刀殺入。在沒有準備迎敵之下，球桿和椅子都被當成武器。

小四還是被派在門口把風。

血腥腥的場面錄在他的眼底，再也沒有出來。他是楞呆了，直到一股腥氣伴著水氣竄進他的鼻孔裏，他才意識清醒過來。

雨仍然嘩啦啦下著，只是周遭忽然變得很安靜。彈子房的燈光全熄，人氣盡散，透著一股詭異的氣氛。

小四拿著手電筒小心翼翼的往裏頭探照。跨過彈子台，一隻斷臂躺在血泊裏。小四眨了一下眼，彷彿看見那手臂還是活的，手指微微抽動。

他的眼又眨了一下，疑惑自己是不是眼花了。

恍惚看到山東的女人小神經負了傷，一跛一跛在自己前頭晃過去，這時他才想起這次自己負的是殺戮任務。舉起小刀，小神經睇了他一眼，沒力氣理他，一付隨他怎樣的態度。那平淡的一眼就看得小四心裏發毛，手又放下了。

18

後來小四才知道，眷村的頭子山東和卡五都沒逃過這一劫。滑頭不在現場，沒遭殃。

卡五橫屍在圳溝裏，身上十一刀，山東橫在彈子房二樓。那條斷臂是山東的。也有幾個台客受了輕重傷。

在深夜持續不斷的傾盆大雨中，小四一身溼漉漉的冒雨騎車回到家，本以爲家人該睡著了，可以偷偷摸進去。不料家中燈火通明。

怪的是客廳裏空無一人。小四正想到浴室把一身髒污沖刷掉，不料張娟和張瓊兩個姊姊一起叫住他。

「這是怎麼搞的？」大姊瞪著他。

28
25
86089

小四趕緊噓了一聲，表示有話好說，別讓爸媽聽到。大姊皺皺眉頭：

「這麼晚了，你還在外面混？家裏出事了你知不知道？」

「什麼？」

「爸媽現在都不在。剛才爸被三個帶公事包的人帶走了，好像是警備總部來的人，不知爸惹上什麼禍。媽現在到爸的朋友汪伯伯家看看能不能打聽到爲的是什麼事。」

張娟靠近小四一聞，捏起了鼻子：「你在搞什麼鬼？快去洗個澡！」

張瓊一向體貼，先到浴室幫他放了水。

「怎麼弄的？」媽媽既然不在，大姊有教養之責。張娟這個大姊一向當得虎虎生風。

「颳颱風，沒穿雨衣。」

張震最近不說實話已經成了習慣，他聽著忽嚕嘩啦從水龍頭直奔而下，剛剛那一幕竟清楚的回到記憶中：台客衝進彈子房，山東措手不及，舉臂硬擋，一隻右手就這樣掛了；卡五揮著椅子，打倒了一個台客，甩過兩個人，奪門而出；負傷的山東還頑強抵抗，揀起一根斷球桿，戮進一個叫「馬車」的台客肚子裏，轉身而走時被兩個人朝背後猛砍……然後燈暗了，人好像逃的逃、趕的趕，只有他呆呆站在原地，被胡亂刮來的颱風雨打得兩頰好痛……

張娟看小四又在發呆，也沒心情理他。張瓊又幫他拿了乾淨的內衣褲來。靜靜看著自己的弟弟，張瓊好像洞穿了什麼；她在小四拉上浴室的那一瞬間叫住他。

「小四，你心裏好像很不平靜。」

張瓊是張家兒女中最不染煙火味的一個。張道義和太太向來相信人定勝天，也沒時間信教，張瓊自己從唸初一開始就加入校園團契，每個星期天跟上課一樣準時的上教堂，還在教堂當義務家教，張道義沒管，孩子信什麼教是他們的自由，張瓊當神的兒女也就比當張家兒女來得虔誠。

「你有什麼事都可以跟我告解。」張瓊又追加了一句。

「不要跟我傳教。」

小四頂了一句，進浴室去，大力舀水沖自己的身體。從前他洗澡沒搓揉得這麼謹慎過。他總覺自己身上也有洗不掉的血漬。

那時他還不清楚，眞正的傷亡究竟如何。他只隱隱感到，在那個颱風夜裏，他彷彿遺失了什麼東西。

不曉得是什麼，但心變得不一樣了。

是長大了，還是心硬了？還是，心裏原本隱藏得最深層的那一部分，像地下水管一樣突然被挖土機的怪手，重重敲了一下。

他的心是很不平靜。好像颳過一陣颱風一樣，樹拔瓦散，一切都不一樣了。

大概爲了彌補心裏的惶恐，第二天他還做了一件善事。他晚歸時看到雜貨店的胖叔喝醉酒癱在公共廁所旁邊不省人事，本來想拿石塊好好砸討厭的胖叔一下，趨近一看才發現胖叔口吐白沫，反而直覺的大叫救人。這一叫救了胖叔一條命，否則胖叔就得心臟衰竭死在水溝旁。

19

張道義確定被警總的人抓了。

張太太一直擔心，丈夫是不是會像傳說中的一樣，去了以後再也沒有回來，或者被嚴刑拷打，剩下半條命？張道義的身子比常人弱，沒事也要咳得掏心掏肺，怎麼禁得起如此折磨？

幾天來她到處奔走。到張道義老朋友汪狗家走得特別勤。汪狗好歹是一個和黨有較密切關係的官兒，總可以查出一點事端吧。

雖然父親幾日未歸，家裏每個人都爲此十分憂心，也相當不習慣，但光著急也沒用，上班上課的事還是得照常進行。

警察雖然找不到殺卡五和山東的人是誰，可是混的人都知道了，這是一報還一

報，血債血還。每個明內幕的都知道小四參與了行動。

小貓王羡慕得不得了，恨自己沒能參加壯舉。

過了兩天，劉名虎就找人捎信，要跟小四和解。劉名虎怕的可不是小四，而是怕小四和台客那一幫人若有什麼掛勾，自己以前帶人扁小四的事可不是要血債血還？這可要送上身家性命。

小四也大方，他若無其事的跟談和的人說，不用了。使得劉名虎那邊更是疑懼參半，不知他葫蘆裏賣什麼膏藥。

再一次看見小明，是在醫務室裏，和第一次看到小明一樣，小四又去打預防針。小明似乎早早見到他進醫務室了，小四忽而轉頭看窗外，就見小明站在紅豔豔的鳳凰樹下對他笑，那個微笑好像等在那裏好久好久了。

「嘩！」小四打完針出來，小明避在一旁，想嚇他個措手不及。午後陽光澆在她雪色的圓臉，看起來很精神，似乎哈尼的死亡陰影並沒有再困擾她，她又活了，活成另外一個青春豔光四射的女孩子。

小四的眼睛在大太陽下很容易把任何東西都看成白花花一片，他索性瞇成一條細縫看她。

「你近視是不是很深哪？怎麼這樣看人？」

「要記住妳。」小四用半開玩笑的語氣說。

幾天不見，小四成熟很多，小明看出來了。她也明白小四跟著台客幫哈尼報仇的事，但不問不說，打打殺殺的事，她聽多了，不痛不癢。

「不給你看。」

雖然這麼說，小明反而把臉湊向小四，她吐出的氣像微風一樣拂著小四的臉。

「這樣就看得很清楚了吧。」她笑著說，「讓你看成鬥雞眼！」

上課鈴響，小四才輕輕擰了她鼻子一下，依依不捨的和小明告別，忽然想起第二天是星期天，急忙叫住小明：

「喂，明天妳有沒有事？」

小明朝他甜甜一笑，抿抿嘴，賣關子。

星期天一早，却是小明先來找他。她在小四家門口學泰山叫猴黑猴，害小四以爲小貓王來找。他跟大姊和媽媽說，要跟班上同學一起去郊遊，就和小明一起到堤防上吹風。

小四在堤防上吻了小明。小明先逗他，她確信他懂得不多。她像調教一個新手一樣，引導他顫抖的手和嘴唇。

小四的舌尖一陣熱，心窩一陣痙攣。他不由自主的想及上一次的經驗，和小翠介紹的馬子，叫小玲的，慘不忍睹的樣子。他自己取笑起自己來。

「你呆笑什麼？」小明問他。

小四還陶醉在醺醺然的熱浪之中：「眞的，我以前從來不曉得，親嘴的感覺可以這麼好。」

話一出口，知道該後悔的時候，小明已經唰拉翻了臉：

「你以前跟誰親嘴？」

她自己也不可能沒有經驗，但是就在最該浪漫的時候，小四話中把玄機露得這麼白，她還是有一百個理由要計較、要不高興。身子一轉就自顧自的走向前。「我只是說，我以前以爲，以爲……」

想補救已經來不及了。小四只好嬉皮笑臉的攔上前去：

「妳不要生氣，不要生氣嘛。」

小明不理。他又高聲喊：

「妳要去哪裏？我陪妳，可不可以？」

「哪兒也不去。」

「我帶妳到一個好玩的地方，讓妳玩個夠好不好？」小四忽生一計，他想到了小馬家，小明一定會喜歡小馬家。

小明果然問：「哪裏？你哪會知道好玩的地方？我不相信。」

「跟我來就是了。」小四拉住她的手。兩個人在這一刹那又相顧而笑。

「就跟你一次。」小明愛嬌的眨眨眼。他們一起快步跑過堤防。風都兜進襯衫裏，吹得鼓鼓的，好像整個人都會飄。

小明確實很喜歡小馬家。

小馬家那種深宅大院，不是一般人住得起的，想參觀都不容易。小馬家還很考究的擺設了各種珍奇古怪的玩意兒，小明東摸西摸，興奮全在臉上。

小馬的爸爸一向不在家，家中除了傭人，只有母子兩個。小馬是獨子，媽媽把他寶貝得不得了，心哪肝哪隨便叫，到唸初中還是一樣。這回看到有小明這麼清秀俐落的女生來家裏，又端茶又送巧克力，還捏著小明的手：

「我就希望小馬是個女生，可惜不是。女生好，女生貼心……」

小馬在一旁哭笑不得：「媽，妳每次看到女生就這樣，眞受不了。」

「好啦，你好好招待同學玩。媽就回房聽戲去！」小馬的母親說話是字正腔圓的北京腔，穿的旗袍燙得平平挺挺，一看就是官太太的架勢。她對小馬不言自明的寵愛，叫小四和小明看在眼裏，羨慕不已。

母親一走，小馬就偷偷拿出父親放在家裏沒帶走的手槍來：「喂，這個沒玩過吧。小四，上次給你玩的只是獵槍，這一次我們玩眞的！」

小明覺得很好奇，小馬答應教她瞄準，小明也學得相當有勁。

小馬一走，小明自己端詳手槍，看小四走過來，存心要逗小四玩。槍口轉了向，對小四瞄轉：「喂，看槍！」

小四做了個鬼臉，表示不怕。小明一臉頑皮的扣下板機……

砰！

一聲巨響，後座力震得小明跌坐在地上。小四呆呆站著，他一點也沒心理準備，因爲他不知道，槍裏眞的有子彈！

他打量自己全身上下，確定子彈沒傷到他。小馬聽到巨響快步衝上來，奪了槍，狠狠摑了小明一巴掌。

「子彈不長眼睛，這可以這樣玩嗎？」

小明也沒想到，手槍裏裝上了子彈。她楞了一下，很委屈的掉出眼淚來。

20

經過一個星期的折騰，養了滿臉絡顋的張道義終於走進家門。至於他為什麼被送進警備總部，還是莫明究底。警總的人一直問他，這個人你認不認識，那個人你認不認識？他老老實實回答，可是認識的人畢竟不多，問他的人顯然對他的答案相當不滿意，要他接著趕自白書。沒日沒夜的那樣趕，怕都把自己上半生的自傳都寫完了。

怎麼被開恩釋放，他也不明白。只是在放他出來前，警總的人提過他的老同學汪狗。到底汪狗跟這件事有什麼關係，就完全沒法知曉了。為了汪狗，張道義還跟太太紮紮實實吵了一架。張太太認為他被構陷根本是汪狗搞出來的，上次汪狗來家裏情商工程發包的事情，張道義秉公處理不賣交情，禍就來了。

女人怎麼能懂男人之間的交情?張道義自是極力反駁：

「妳怎麼可以有這種想法，妳不是說，我在裏面的時候妳去找汪狗，汪狗都想盡辦法幫忙嗎？」

張太太不以爲然，認爲那是套招。因爲張道義這次出來，他原本在局裏有關工程發包方面的重要事務，都名正言順的轉到更「身家淸白」的人手裏，他硬被編派了一些瑣事，在辦公室裏成天像個閒人兼工友。

張道義不肯在太太面前示弱，儘管無奈，他還是有一套阿Q式的說辭：

「這樣也好啦!局裏那些工作轉給別人做，我也省得麻煩。」

從張道義回來以後，兩夫妻之間好像堵了一道冰牆，各自往反方向走，越隔越遠。張道義是在找一些自愚的理由爲自己的心取暖，張太太想的是，下半輩子還是得冗冗長長貧貧簡簡的過。她自己不怕，但怕自己丈夫的平庸誤了兒女的成長。張娟考過托福，學校獎學金也下來了，總需要一筆錢帶到國外去，底下幾個還在唸高中，雖說功課不勞煩心，也都負擔不輕。小四的眼睛看樣子近視是很深了，沒閒錢給他配眼鏡，恐怕視力越來會越糟糕。老五張婉還在唸小學，還是賴在自己懷裏撒嬌的毛孩子，路還那麼長那麼久。

那天小明因為無心犯了大錯吃了小馬一個巴掌，心裏已經悶得很了，回到表舅家，啞巴舅媽又咿咿呀呀急著要告訴她什麼要緊事，兩人牽扯猜測半天，表舅媽做出搧煤爐氣喘的樣子，她才懂了。

她要衝進屋裏，表舅媽攔住了，往外指表舅平常停三輪車的地方。車位是空的，表舅載母親出去了。沒別的醫院可去，準是南昌街校醫家開的醫院。

果然母親躺在雪白的病床上，嘴裏插著管子。醫生說，沒什麼大礙，以後別讓母親靠近生煤就好了。

小明自然沒有忘記問醫藥費的事。她和母親毫無積蓄，連吃飯都成問題，哪有錢生病？表舅自己捉襟見肘，不可能當泥菩薩來保她們。寄住在人家屋簷下，已是天天大眼瞪小眼了，表舅大概還巴不得她媽喘死。

人一窮，就像長滿癩痢的狗一樣，誰見了都怕，親人一個個恨不得逃得遠遠的。

這是世間冷暖，小明已經嘗過很多，不會怪人了。

她什麼都沒有，只有自己青春閃爍的身體。她只能付出這些。和許多個往常一樣，因爲沒有倚恃，她靠自己來和歲月及現實爭鬥。

小醫院的護士下班了以後，她溜進醫生的診療室裏。醫生正在靜靜的看書。她無聲無息的走進去，把醫生的手放在自己的腰上。

醫生楞住了。他很難爲情，平常他可以和這個十五歲的女孩子說說笑笑，給她一點愛憐與嬌寵，可是他還是沒有辦法接受一個那麼年輕的女孩子當情人。

「你喜不喜歡我？」小明問，她的臉上全寫滿了挑逗。

「我有……未婚妻，」醫生結結巴巴，答非所問：「這種事情……男人和女人之間的事……你們小孩子……不懂。」

「你怎麼曉得我不懂？」小明更貼近他的胸，仰著臉頑皮的看著醫生。她感覺到醫生的心跳倉促卻無力，那是一種意志薄弱的人才會發出的心跳，他隨時可以被她牽著走。

「我什麼事都懂，我又不是沒有經驗。」

她挑起了他的好奇。「什麼經驗？」

「你猜不到。」小明繼續吊他胃口。

「這種事不能亂來，妳要當心。」醫生實在不明白十五歲的女孩子懂到什麼程度。他深吸了一口氣看看小明，發現她看似天眞無邪的潔白笑容下，其實有一種潛流，那種潛流有淸楚的流向。她有目的，他明白了。她畢竟還只是一個年輕的女孩子，並沒有太厚的保護膜足以遮掩心思。

「妳媽媽的醫藥費，妳不用擔心。」他輕輕放開小明的手，「下次發現有發作的傾向早點過來看。」

他心疼這個女孩，又想幫她。「妳到底有什麼經驗？妳……現在的男朋友是誰？」

小明笑了。她說，是張震。

21

星期六下午，小四到醫務室，想拿點治頭痛的藥時，被醫生叫住了。

「你就是張震？」

醫生端端眼鏡打量小四上下，冷冷問他：

「你跟方小明怎麼回事？」

小四先是吃了一驚：這事跟醫生有什麼關係？是誰來多這個嘴？醫生故意裝出來的嚴肅表情又讓他很不耐煩，小四的倨傲不恭就全堆到眉眼之間來了。

醫生說：「我不是喜歡管閒事，你們這個年齡談戀愛應該要有個正確的引導。我的出發點還是替你們著想……」

小四兩眼直瞪窗口，什麼話也沒聽進去。護士馬小姐走過來，看小四聽訓還一副左耳進、右耳出的德性，開口就教訓起人：

「喂，你耍流氓啊？沒大沒小，醫生跟你講話你給我站好！」

聽了這話，小四肚子裏熊熊燒起一把無名火，接口就說：「我操，妳管什麼閒事？妳警備總部啊？」

馬小姐簡直不相信自己的耳朵。她在醫護室裏是山大王，每個來這兒討藥或紮針的學生，誰不看她臉色？今天這個鐵是吃了豹子膽：

「你講什麼？講什麼？再講一遍！再講一遍試試看！」

那氣勢可絕不輸訓導主任。

「我說妳——警備總部！」

小四面無表情的說。馬小姐仍不肯鬆口：

「前面那句，前面那句，你再講一遍，你說什麼？」

「我說我操，我操你媽！」

小四豁出去了。

愛四處閒逛搭訕的趙教官此時剛好兜過來，見醫護室裏吵吵鬧鬧，就像嗅到犯人氣味的警犬一樣興奮：

「幹什麼？幹什麼？發生什麼事？」

馬小姐馬上接口了：

「你看你們教的這些學生，每個跟流氓一樣，開口罵粗話，亂搞男女關係，你們怎麼教的！」

教官面子掛不住了：「張震！跟我出去，到訓導處！」

在盛怒之下，小四也就擺出大無畏的樣子：

「去就去！又怎樣！」

結果，又請了家長到訓導處對談。張道義第二次到訓導處來談兒子記過的事情，再也沒上回理直氣壯。他從警總回來以後，膽子也萎縮了不少，這次垂頭喪氣坐在訓導主任面前，默默聽著訓導主任的責難。

「上次你還罵我們不懂得辦教育，你自己的家教到哪裏去了？小孩滿嘴髒話，我聽了都難爲情！你們做父母的，一點家教都做不到，還怪我們教壞你們小孩，什麼玩意！」

小四在訓導處牆邊低頭站著，動也沒動，只聽見父親言辭懇切的向訓導主任求情：

「對不起，對不起……回去我一定好好跟他說，好好教他，你再給他一次機會好了。」

主任自顧自的啜茶，許久才冷笑一聲：

「恐怕來不及唷！現在你的孩子已經變成這個樣子，我們再不處理，不知道他將來會變成什麼洪水猛獸！」

「實在是……」張道義實在不敢端架子擺脾氣了，畢竟，記第二支大過，太影響自己兒子前途。一個汚點還能解釋成失誤，兩個汚點太違背中國人「不貳過」的自古明訓，他只好繼續好言好語：

「最近我實在是太忙了。這都是我的疏失……他，他也不是眞的無可救藥的那種學生，你們再記他一支大過，他恐怕就升不了班，這對他也太不公平——」

「不公平？你上次不也覺得不公平？上次不怕我們記過，這次就怕了？」主任得理不饒人，一雙眼炯炯有神的盯著張道義看，有意在言語上報一箭之仇。

張道義也沒輒，像日本人行禮一樣彎腰道歉：「是我不對，是我不對……」

小四抬起頭來，看見父親爲自己這麼低聲下氣，受盡人格掃地的委曲，頓時血氣上揚，全身筋脈都被抹上了油，一點火就會爆炸一般。偏偏這時訓導主任還酸溜溜的對自己父親說：「大家都吃公家飯，你有什麼好神氣！」小四就再也忍不住了，揀起腳邊一根被訓導處沒收來的棒球棍子，瞬間高高舉起。待訓導主任發現他這種舉止時，早已沒地方躲了。

嘩的一聲！四周陷入一片死寂，全部的人都像被釘住的標本。

訓導主任桌前的電燈泡散個粉碎，只剩下半截電線還在半空中無助的搖晃。

這次小四被退了學。

22

人被逼到絕境，反而會生出無限勇氣，小四告訴父親，退學沒關係，「我現在開始準備，暑假考插班，一定給你考上日間部，這個我有把握。」張道義對自己說情繼續失敗，也感到與有責焉，他告訴自己太太，從今起戒煙，每個月可以省下不少錢，小四配眼鏡的錢就有著落了。

被退學以後，小四就用書牆把自己牢牢圍堵起來，反而比到學校上課的時候用功些。

大姊張娟忙著準備到美國留學的事，哥哥張強又天天離不開彈子房，小妹還小，家裏的兄弟姊妹就剩二姊張瓊在留意他的狀況。張瓊想勸他一起信天主，被他沉默的婉拒了，但張瓊也不灰心，她常在小四的書裏夾一些聖經摘句，還送小四一個小小的十字架鍊子。

小四知道二姊的好意，但他總覺得，張瓊和他是天生活在兩個世界的人，心靈永遠不可能有任何交集。

小貓王偶爾也來看他，送送上課筆記和自己灌的卡帶。小貓王夠朋友，本來平常上課都頂心不在焉的，爲了替他抄筆記，結結實實的把老師講的話從頭抄到尾。

心情悶的話，小四也會到附近圖書館的閱覽室去看書或借書。他叫小貓王替他捎了一封信給小明，跟小明發誓，說下學期他考進建中日間部之前，不去看她。很有「匈奴未滅，何以家爲」的豪情壯志。

有一天，在閱覽室裏遇到小翠。小翠竟也在圖書館，倒是天下一大奇事。小四好奇的瞄她看的東西，才知道那是一本愛情小說。

不久小翠也看見他在，走過去和他搭訕：

「小四，你這麼用功啊？中午一起出去吃麵好不好？」

小四一向不喜歡她的作風，立刻一口回絕；見她一付訕訕的樣子，才隨口問起小馬。他被退學之前，早知道小翠又跟小馬打得火熱：

「小馬最近怎麼了？我好久沒看見他。」

小翠聽他一問，反應似乎很驚訝：

「小馬的事你還會不知道？」

小四確實什麼都不知道。這回換他吃驚：「妳……跟他又翻臉啦？」

小翠無奈苦笑一下，確定他一無所知，就不打算多嘴，搖頭走了。小四沒繼續問，他也不愛同小翠那種女生講什麼，怕又惹了一身不名譽。隔幾天小貓王來找他，他才突然想起這事，問小貓王：「小馬最近是不是出了什麼事？」

小貓王好像聽傻了，欲語還休。小四又重提了一遍，小貓王才囁囁嚅嚅：

「不要問我啦，幹，問這個是故意找我麻煩嘛，」想了一會兒才又說：「啊，反正小明的傳聞一向就很多，你以前不在意，現在又何必在乎？你現在只要唸書就好啦，不要理它，不要理它……」

小馬的事跟小明有什麼關係？小四的心裏忽然起了疑竇。有疑問在心頭他就沒法好好讀書，他悶了兩天，決定自己去問問小明看。一個人壯著膽子在眷村的巷弄裏繞來繞去，像隻無頭蒼蠅一樣盲目搜索，期待能夠碰到小明或一兩個認識的人。

找了半天，只看到有公共水龍頭的地方蹲著一個熟悉的人在洗衣服。走過去才認出來，是以前山東的女人小神經。他看到小神經頭上有塊疤，血塊還凝在傷口上頭，顯然是那天械鬥時被台客砍的。那天小四也混在台客那邊，小神經鐵定記住了，但他也不管，劈頭就問：

「有沒有看見小明？」

小神經埋頭洗衣服，念在當初小四沒有落井下石補上一刀的份上，許久發出一種僵冷的聲音：

「你找她幹嘛？你還敢踏在眷村的地盤上？不怕我們找你血債血還？」

小四硬是不受恫嚇：

「妳只要告訴我她住哪裏。」

「你一定要知道？」小神經抬起臉，古怪的撇撇嘴角：「她搬走了。」

「搬到哪裏？」小四非找到她不心安。

「不要找她了。」

「不行。」他滿腦子都是疑惑：「妳這樣講什麼意思？」

小神經若有所思，突然迸出一句不相干的話來：「這種沒老爸的馬子最難搞！」

「她老爸……不是在外島嗎？」小四記得小明和他說過，她爸爸在大膽島當排長，所以她希望自己是個男生，可以和爸爸一樣當兵報國。

聽了小四的回答，小神經曖昧一笑：「她又搞這一套了！」然後，憑小四再怎麼問，就是不肯說下去。

小四又漫無目的的晃到小公園冰果室，往裏頭一探，沒看到什麼小公園幫的舊人，只見大部分桌子都被那批台客佔據了。滑頭竟然也夾在那一羣台客之中，有說有笑。他心裏很不屑：這傢伙簡直是變色龍，跟誰都能混！他大搖大擺走了進去，停在滑頭跟前：

「喂，你出來一下。」

「有話在這裏講不行？」滑頭以爲自己這邊人多勢眾，有人撐腰。

「我找你了斷以前的事！」

滑頭好像喝了點酒，有點醺醺然，記不得從前什麼事，人先直挺挺站起來了：

「跟我了斷，你算老幾？」

小四不等他站穩，掄起拳頭，洩憤似的狠狠打了滑頭肚子幾拳。本來在一邊大談「眷村之役」英勇事蹟的台客，見小四曾經和自己哥兒們行動過，也楞著沒管。

滑頭禁不了捶，沒三下整個人攤在地上。幾個台客中反而有人爆出笑聲：「幹你娘的！沒卵就莫出來迌迌！」

23

他索性直接問小馬去。

小馬見到他來，熱絡得不得了，「好久不見！我操，你躲到哪裏去？」

小四見了小馬，有一種彷如隔世的感覺。

「怎麼來啦，你現在在搞什麼？」

「沒什麼，成天讀書、讀書、讀書。」小四試探性的問：「你最近是不是有什麼事？」

「我能有什麼事？」小馬說得很輕鬆。「還不是一樣混日子，上無聊課，哪像你逍遙自在！」

「你知道小明在哪兒吧？」

「哦——」小馬豁然開曉，「媽的，你還不知道啊，小明現在就住我家。上次我不是告訴你們我家傭人走了嗎？你來我家之後幾天，小明就來找我，問她媽可不可以到我家做事，我媽很喜歡小明，一口就答應了。」小馬說得很不在乎，小四却邊聽邊生出一層冷汗，牙咬得越緊。小馬沒有看出老同學表情的變化，猶意味無窮的說著：「嗯，小明這馬子挺不錯……」

小四的憤怒已經呼之欲出了。他像個石人般，身子一點兒也挪不動。

「她在呀，你要不要進來看她。」小馬仍然很熱烈的招呼。

小四咬著唇：

「你現在跟她怎樣？」

小馬這才發現，小四臉色都青了，沒想到他那麼在意，可是嘴裏還不放鬆：

「還不是一起鬼混一下。怎樣，你會不爽啊？」

小馬一向認爲自己夠朋友，看小四表情不變，接著便很大方似的拍拍小四肩膀：

「你不爽的話，我就不玩了，哥兒們嘛！」

「你看著辦！」好久小四才冒出這句話，無疑是叫小馬等著瞧。小馬見自己的好意不被接受，反而碰了一鼻子灰，終於惱羞成怒：「他媽的，你這什麼意思，是她自己送上門的，又不是我去找她！馬子就是這回事兒，她們都一樣馬蚤！」

「進不進去？」小馬再問了一遍。小四又不答腔，自己轉身回門。小四反而叫住他：

「我們的事還沒了。」

小馬脾氣不見得好，耐不住就翻臉了，面對小四破口大罵：「操你媽的，你爲這種事跟哥兒們翻臉，什麼玩意兒嘛，婆婆媽媽跟女人一樣！我又不是第一個把小明的！」

小四把手一插，一股悍氣就溢出來：「你不要再哈啦！我懶得聽你那公子哥兒的大道理！從今天起，只要讓我知道你還跟小明在一起，我就每天到學校堵你！堵到你發抖！」說完毅然轉身就走，只聽見小馬在背後氣喘喘大嚷：

「操你媽的！我從前還把你當哥兒們，你跟我來這套！你找死！帶種的就不要不敢來，你敢來找我幾次，我就扁你幾次……」

24

小四拿走了母親的錶，到巷尾的當鋪當了三百塊錢，到百貨店裏買了一盒和從前小馬泡馬子用的一模一樣的巧克力。

他約了小翠出來。

小翠穿了一條緊得不能再緊的綁腿褲，口紅塗成血腥腥的赤紅色。他帶小翠慢慢走到從前那個廢棄的奶粉工廠裏，把巧克力糖輕輕放在小翠的手裏。

小翠的臉上有掩不住的歡喜。她勾著小四，小四用手電筒當光源，穿過許多銹壞了的機器及雜物、垃圾，找到一個破舊的榻榻米坐下。

坐定之後，小四想把手縮回來，小翠卻有意勾著他不放：

「我就知道你會來找我。」

小翠對他含情默默的說。她的眼神令小四看得傻了。

「爲什麼？」小四問。

「你猜？」

「不……不知道。我又不是妳，怎麼猜？」

「你眞是呆頭鵝吔，」小翠嬌嬌怯怯的笑出聲：「因爲，我很喜歡你。」

還沒有女孩子這麼堂而皇之的說，喜歡他。小四臉上不自主的一陣暈紅。意識清醒過來，見小翠乖乖巧巧的閉上眼睛，他還楞了一下，才明白小翠想要他做什麼。

他欺過臉去，親近小翠的頰，却聞到一種似曾相識的味道，那是上次到這兒來時，小馬要他「享受」一下的味道。同樣來自小翠的身上，但那種記憶讓他覺得全身不舒服。好像有一種叫做「罪惡感」的東西，在他靈魂深處演奏交響樂。他退縮了。

小翠就像忽然被退了貨一樣，一頭霧水，滿肚子不高興。

「你怎麼了？」

小四不說話，兩人陷入可怕的沉寂之中。

過了很久小四才說出他想知道答案的問題：「妳這樣，一個男朋友換一個，有樂趣嗎？」

小翠被他言語中的輕蔑惱火了，她本能的反應情緒：

「這又有什麼不好？我喜歡誰才跟誰在一起，有什麼不對？」

兩人又陷入對峙無語的尷尬中。小四想起自己這次約小翠出來的目的，不是來跟小翠吵架的，他只是想把事情問清楚，問問看女孩子心裏到底怎麼想：

「妳可不可以冷靜一點告訴我……我只是有點想知道，妳跟小馬還在不在一起？」他又補上一句：「滑頭知道有沒有怎麼樣？」

他還不信，小明會跟小馬搞上。小翠後來不是跟小馬很好嗎？或者小馬只是說說氣話而已，小明跟小馬根本沒關係。

「操你媽的！」小翠忽然氣得全身顫抖，幾近抽搐，一句三字經自然而然的吼出來：「你管這麼多？你管這麼多幹嘛還約我？你就以為我賤啊？我告訴你，最賤的不是我，我還差得遠呢……」

小翠積壓良久的委曲與憤恨像決堤河水一樣再也堵不住了，她的歇斯底里愈發不可收拾：「媽的，找我出來還教訓我，你知道誰才不要臉嗎？我告訴你，我被你害慘了，上次你在國語實小看到我？狗屁！跟滑頭在那裏偷雞摸狗的是誰你知不知道？是方小明！」

小四彷彿被極大的眞空管罩住了，整個人震驚得難以動彈。小翠繼續吐苦水：「那時候哈尼還沒死，滑頭怕哈尼知道擔不起，才來利用我，叫我跟著他，他哪裏理我？你們全是孬貨！笨蛋！你們全被搞了！」

小翠拍拍身上灰塵，嫌髒似的，「你們這些孬貨，誰馬蚤都搞不懂，爲那種女人死，値得嗎？不如來爲我死……」，她笑得很淒慘很無奈，「現在她又搞上小馬了，小馬家有錢嘛，應有盡有，她哪裏會把你看在眼裏……」

「不要說了！」小四再也聽不下去。小明怎麼是這樣的人？他還以爲她像植物園荷花池裏娉婷無塵的白荷花，怎麼給小翠說成這樣？

小翠在伸手不見五指的黑暗中狂奔而去。

小四懨懨的回到家，大姊已經守在院子裏等他了。房裏傳來父親痛罵張強的聲音，還有杖子狠打在肉上的啪啪聲響：

「你什麼都敢偷！不求上進，沒出息！你唸建中了不起？唸建中就可以在家裏當小偷是不是……」

媽媽一邊哭一邊叫：「不要打了，不要打了……」

是張強把偷錶的責任悄悄承下來了。小四想去自首，大姊攔住他：

「我知道是你。可是你現在別去，太晚了，爸知道是你會更難受，因爲爸最疼你……」

那一棒一棒都像是打在小四身上一樣，小四心裏不斷掙扎，想認錯，又不斷壓抑，他也怕。他不怕打，怕爸爸對他絕望，他最近已經叫爸爸太擔心了。

哥哥張強發出的每一聲慘叫，都像是他發自肺腑的、天拆地裂的聲音。

25

孤。

入夜了，小四帶著匕首在收工了的片廠守候，他早叫小貓王約小馬出來，孤對孤。

他不知道找誰出氣，只有按「規矩」和小馬清這筆帳。

弄了半天不見小馬的人，許久小貓王才氣喘休休的跑來，上氣不接下氣：

「媽……媽媽媽的，你今天先回去，我明……明明天再幫你約啦，給給個面面子——小馬他媽的帶三尺六到學校來了——這幹起來不得了，拜託，大家消消氣，給個面子你先回家，明天再出來談……」

小貓王不等他說好，一溜煙跑了，留他呆呆站著，不知這下何去何從。

有腳步聲接近，小四驚覺的躲進黑暗。一會兒才發現，來人跟他無關，他才放心的從陰影裏走出來。來人是上回拍戲的導演，拎了瓶小酒，一個人踱回片廠，大概是收工後窮極無聊，回來逛逛。

這導演還記得小四，見了他，大喜過望的樣子，把他叫住了。

「喂，小弟，上次跟你一起來的那個女孩子呢？能不能幫我找一下？試過鏡以後我們要找她，她已經搬走了。你跟她說，我們要好好栽培她——小小年紀不得了，要哭就哭，要笑就笑，好自然哪！」

小四知道導演在說小明，一股氣全部灌在導演身上，馬上搶白：

「自然？他媽的，全是裝出來的！連眞的假的都分不出來，你拍什麼東西！」

說完，人就頭也不回的走了。

他的氣還在，不甘心，又混回學校去。放學後，人潮散盡，放腳踏車的車庫都空了，只剩小馬的腳踏車孤零零在車庫裏。他想小馬不是沒種先溜了，就是還在學校，等一等他也好。

他先看到對街小明背著書包從車庫前走過去。小四跑過街，攔住小明，想把話問個明白。沒想到小明看到他突然出現，彷彿很開心，一副什麼也沒發生過的天眞表情。

「妳現在過得很好哦。」小四故意冷冷的說。

「什麼好，還不是一樣。你好不好？」小明雖然發現了小四舉止表情皆怪異，還裝做泰然自若的樣子。

「妳爲什麼躲我？」

「我哪有躲你？」小明被他問得莫名其妙：「你不來找我的。你信上不是說要好好唸書嗎？」

「妳這樣我根本唸不下書！」

「我怎麼了？」

「你爲什麼要跟小馬在一起？」

「我哪有？」小明笑了，她當他在耍小孩子脾氣：「你好好唸書，不要胡思亂想。」

「妳騙人！妳一直在騙人！」小四想起小神經、小馬和小翠講的話。他們三個人歷歷指證，她一直在騙他。「妳不能繼續騙人！」

小明知道他情緒激動，換了淸淸澄澄的眼神正經看他，不跟他寒暄了：

「不要找小馬，你會吃虧的！」她早就明白，小四爲了她要找小馬單挑。

「妳玩的遊戲太殘忍了！」小四不由自主的想起哈尼的死，還有哈尼殺死的人，他們的死都可以解釋，是爲了眼前這個眉目淸秀、看來純眞無邪的小女人：「那麼些人爲妳死，妳還不停止，妳太狠了妳！」

「關我什麼事！」小明不能忍受他說教，她有她的難處，他從來不曾在她需要幫忙的時候伸出手，甚至現個臉，他根本也沒有能力幫她，憑什麼管轄她？「你要死也可以去死，也不關我的事！」

小四整個人灼灼燒著，一身火被她的話澆得更烈更猛，燒得又麻又痛。

「我不要再看到你了……」

沒等小明這句話說完，他已經在盛怒之下拔起刀，往她穿著雪白制服的胸口插下去。小明決沒料到他會這樣，嚇得叫不出聲，踉蹌後退一步，貼住牆壁，整個人藏進陰影裏，他又補上一刀，又一刀：

「沒出息，妳不爭氣，妳說謊，妳騙我……」

殺到第七刀，他的手癱軟了。他知道自己不知不覺的哭了，但哭不出聲音。

●

26

沒有人相信，在十五歲這一年，張震殺了人。
連他自己都不相信。

工作人員名單

監　　製：詹宏志

製　　片：余爲彥

導　　演：楊德昌

編　　劇：楊德昌、閻鴻亞、楊順清、賴銘堂

攝　　影：張惠恭

剪　　輯：陳博文

美術設計：余爲彥、楊德昌

成　　音：杜篤之

音　　樂：詹宏達

燈　　光：李龍禹

製片經理：吳莊

技術經理：李以須

表演指導：王娟、蔣薇華、楊順清

副　　導：蔡國輝、楊順清

助　　導：王娟、王耿瑜、蕭艾

場　　記：陳若菲、林月惠、陳湘琪

劇　　　照：王耿瑜、楊順清、李世民

助 理 製 片：楊海平

劇　　　務：殷玉龍

行　　　政：李婠華

公　　　關：閻鴻亞、蔣薇華

陳　　　設：楊順清

美　　　工：鄭康年

道　　　具：譚智華

服　　　裝：陳若菲、吳樂勤、朱美玉

化　　　妝：吳淑惠

現 場 錄 音：楊靜安

攝影第一助理：洪武秀

攝影第二助理：謝文興

電　　　工：陳偉聖

燈 光 助 理：楊治國、鮑俊宏

場 務 領 班：李敏男

場　　　務：曲德海、徐賢良、陳泰松

演員名單

小　　四：張　震

小　　明：楊靜怡

父　　親：張國柱

母　　親：金燕玲

大　　姊：王　娟

老　　二：張　翰

二　　姊：姜秀瓊

小　　妹：賴梵耘

小四同學、朋友

小 貓 王：王啓讚

飛　　機：柯宇綸

小　　馬：譚志剛

小　　虎：周慧國

小　　翠：唐曉翠

小公園太保幫

老大Honey：林鴻銘

條子(Honey弟)：王宗正

滑　　頭：陳宏宇

蚯　　蚓：楊天祥

幫　　衆：廖小維、林正菁、李明勳等

吉　　他：曹子文

貝　　斯：劉名振

鼓　　手：張逸群

鋼　　琴：袁凌

二一七眷村太保幫

老大山東：楊順清

小 神 經：倪淑君

卡　　五：王維明

光　　頭：王也民

西　　部：曲德海

南海路太保幫

葉　　　子：沈　旋

顆　　　星：傅仰曄

萬華市場流氓

師　　　爺：李清富

馬　　　車：陳以文

文　　　旦：林仁杰

嗎　　　啡：鄭源成

兩　　　光：蔡奕欽

幫　　　衆：殷玉龍、鄭康年、徐賢良等

其它

汪　　　狗：徐　明

小明母親：張盈眞

表　　　舅：金士傑

表 舅 妻：林麗卿

夏　師　母：唐如蘊

小馬母親：蕭志文
司　　機：陳良月
陳　牧　師：陳立華

飛　機　父：呂德明
冰店老闆娘：蕭　艾
飛官瞎子：陳希聖
紅　豆　冰：黃淑娟
訓導主任：沈永江
工　　友：范洪生
老　　師：蔣　沅
國文老師：閻鴻亞
數學老師：馬汀尼
教　　官：胡翔評

小　醫　生：施明揚

診 所 護 士：陳立美

小醫生未婚妻：陳湘琪

老　醫　生：賴德南

醫務室護士：林如萍

導　　　演：鄧安寧

大牌女明星：石明玉

副　導　演：石依華

攝　影　師：舒國治

場 務 領 班：郭昌儒

老　闆　娘：高妙慧

少年組組長：劉長灝

警　　　官：侯德健

女　警　員：郎和筠

刑　　　警：湯湘竹、陳來福

警備總部主任：余爲彥

警備總部幹員：王道南

新公園情侶：楊立平、周慧玲

寄車處管理員：吳功、林維

電星合唱團

主　　唱：徐慶復

鼓　　手：陳體強

貝　　斯：高宗保

吉　　他：張祥麟

國立中央圖書館出版品預行編目資料

牯嶺街少年殺人事件/吳淡如著. --初版. --臺北市:
遠流, 民80
面;　　公分. --(小說館; 64)
ISBN 957-32-1243-9(平裝)

857.7　　　　　　　　　　　　80001641